謝寅　絹本着色　100 × 42（夢望庵文庫蔵）

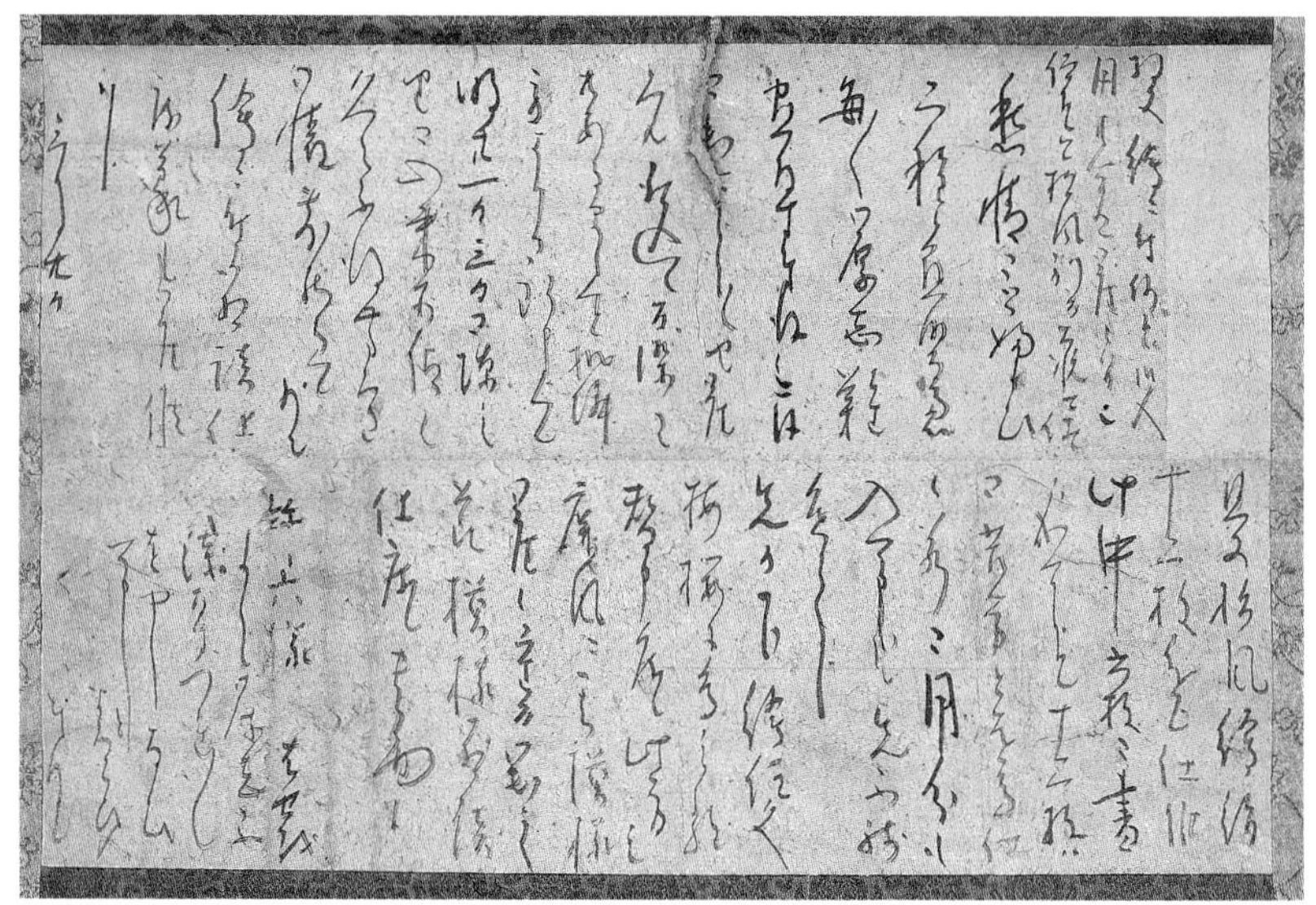

芭蕉筆許六宛書簡　元禄六年三月二十日付（個人蔵）（P.232 参照）

旧膳所城二重櫓を移築した芭蕉会館（大津市秋葉台）（P.181 参照）

［改訂版］

# 近江の芭蕉

おうみのばしょう

## 松尾芭蕉の世界を旅する

いかいゆり子

SUNRISE

# はじめに

縁あって古典講読講座を平成二十年（二〇〇八）から始めた。「近江の万葉集」『平家物語』『おくのほそ道』『近江の小倉百人一首』と続いている。また、平成二十一年からはレイカディア大学（滋賀県社会福祉協議会運営）で近江の文学についての講師を務めている。

平成二十三年に、平成十八年から二十三年まで「湖国と文化」（滋賀県文化振興事業団発行）に連載した原稿に加筆し『近江のかくれ里』（サンライズ出版）を出版した。

これらの仕事で、私は一貫して現地を訪ねるという姿勢で取り組んできた。『おくのほそ道』の講座を開くにあたっては、平成二十五年（二〇一三）から二ヶ年にわたって、松尾芭蕉が歩いた東京の千住（せんじゅ）から岐阜の大垣までを追体験した。そして各地で松尾芭蕉が現在もとても親しまれていることを実感した。

いろいろ調べていくうちに、芭蕉と近江の関係は非常に深いということを再認識した。今栄蔵（こんえいぞう）著『芭蕉年譜大成　新装版』（二〇〇五、角川書店）によると、芭蕉の全九百八十一句のうち近江で詠んだ句は百二を数えられた。

実に一割を超えている。そこで、平成二十七年（二〇一五）に同じくサンライズ出版から『近江の芭蕉』を上梓した。

ところが、令和元年（二〇一九）に出版された今栄蔵校注『新潮日本古典集成〈新装版〉芭蕉句集』では、芭蕉が全生涯に作成したのは九百八十句。近江で詠んだ句は九十三句となっている。今回の改訂版ではこれを底本として、現代語訳（句意）と季語も引用させていただいた。

『芭蕉句集』に記載された順に句を採りあげ、句意と季語と説明を付けた。前書（まえがき）（本文に入る前に簡単に書き添えた文章）のあるものは句の前に記した。芭蕉の句は推敲を重ねて改作されているものが多いが、『芭蕉句集』に記載されている表記にしたがった。

　芭蕉の句碑は近江に百基以上建立されているが、芭蕉が近江で詠んだ句に限定し、近江に建立されている句碑を紹介した。近江に句碑が建っているのが、三十五句あり、複数箇所に同じ句の碑がある。近江関連の六句（後述）を入れると九十九句のうち、全部で五十九基となる。

　また、句碑の字は変体仮名（へんたいがな）を使用していることが多い。変体仮名とは、平仮名が一音一字に統一された明治三十三年（一九〇〇）の小学校令施行規則改正以前に用いられていた平仮名の異体字。例えば、「者を哉」は「者世越」を崩した変体仮名で、現在の平仮名では「はせを」、つまり芭蕉のことである。今回の改訂版では変体仮名の元の漢字に仮名を振り「者世(はせ)越(を)」とした。句には通し番号1～93をつけ、句碑の場所・内容などを記載し、同じ句が複数箇所に句碑としてあるものを「句碑①」「句碑②」などとした。句碑で改行されているところは一文字空けた。

Ⅰ章では、年譜など芭蕉にまつわることについて、新しく判明したことを加筆し、訂正を加えた。

Ⅱ章では、冒頭で、近江滞在八回、「軽み」を理解し支えた門人と、芭蕉の滞在が増えた理由を付け加えた。また、底本の変更に従い、芭蕉が近江で詠んだ句を九十三句とし、順序変更や「近江関連句」の項への移動などをおこなった。

句碑などの場所については、Ⅲ章で詳しく説明している。芭蕉の門人については、Ⅳ章を参照願いたい。

私が先輩方の研究を参考にしたように、拙著を参考にされる方があるかもしれないので、現時点で正確であろう記録を残すよう努めた。

著者

# 目次

書名揮毫　小谷抱葉
撮　　影　中川仁太郎

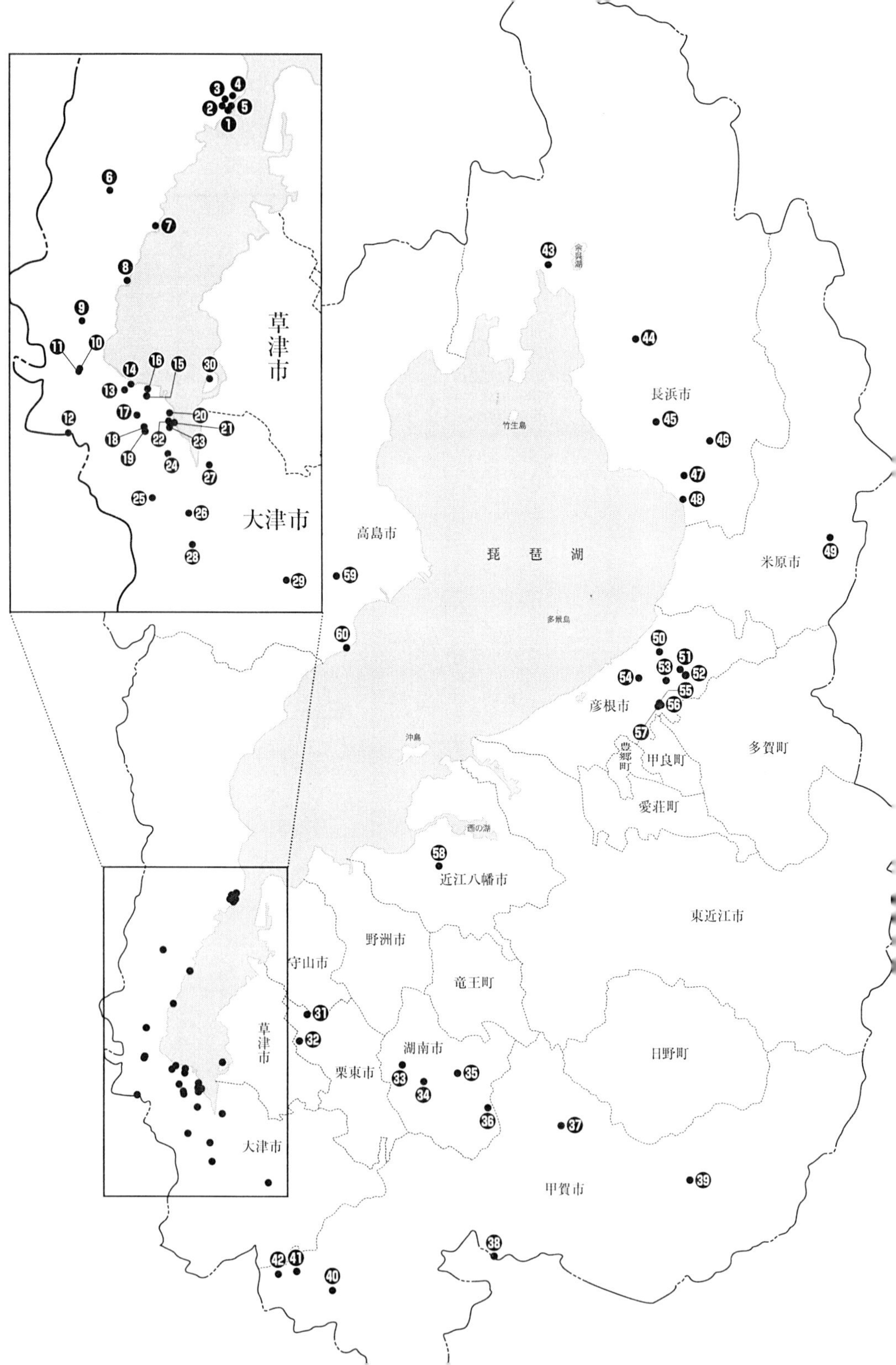

草津市
大津市
高島市
長浜市
竹生島
琵琶湖
米原市
多景島
彦根市
多賀町
豊郷町
甲良町
愛荘町
沖島
西の湖
近江八幡市
東近江市
野洲市
守山市
竜王町
湖南市
栗東市
日野町
甲賀市

# 滋賀県訪問地図

句碑番号の頁はⅡ章参照

| 市 | 地区 | 名称など | 句碑番号など |
|---|---|---|---|
| 大津市 | 本堅田 | ❶浮御堂 | 句53・66 |
| | | ❷本福寺 | 句2③・45 |
| | | ❸祥瑞寺 | 句47 |
| | | ❹堅田漁業会館 | 句46 |
| | | ❺堅田十六夜公園（P163・P248） | 堅田十六夜の弁碑（句66・67） |
| | 坂本 | ❻西教寺 | 句100 |
| | 下阪本 | ❼新唐崎公園 | 句11 |
| | 唐崎 | ❽唐崎神社 | 句2① |
| | 神宮町 | ❾近江神宮 | 句2② |
| | 圓城寺町 | ❿圓満院 | 句57①・65① |
| | | ⓫園城寺 | 句65② |
| | 大谷町 | ⓬月心寺 | 句88 |
| | 京町 | ⓭天孫神社 | 句57③ |
| | 島の関 | ⓮湖岸なぎさ公園 | 句86 |
| | 馬場 | ⓯義仲寺 | 句22①・98① |
| | | ⓰馬場児童公園 | 句75① |
| | 竜が丘 | ⓱山手団地入口公園 | 句73 |
| | 秋葉台 | ⓲芭蕉会館 | 句57② |
| | | ⓳茶臼山公園（P183・P245） | 洒楽堂記碑 |
| | 本丸町 | ⓴膳所城址公園 | 句87 |
| | 御殿浜 | ㉑御殿浜湖岸 | 句21① |
| | 中庄 | ㉒戒林庵 | 句96① |
| | | ㉓中庄（P185） | 菅沼曲翠邸址碑 |
| | 別保 | ㉔別保（P186） | 別保の幻住庵 |
| | 国分 | ㉕国分の幻住庵（P188） | 句1①・25①・81②幻住庵記碑 |
| | 石山寺 | ㉖石山寺 | 句24・50 |
| | 瀬田 | ㉗唐橋公園 | 句6 |
| | 黒津 | ㉘南郷水産センター | 句17 |
| | 枝 | ㉙天神川橋北詰 | 句95 |

| 市 | 地区 | 名称など | 句碑番号など |
|---|---|---|---|
| 草津市 | 矢橋 | ㉚帰帆島 | 句55 |

| 市 | 地区 | 名称など | 句碑番号など |
|---|---|---|---|
| 栗東市 | 綣 | ㉛コミュニティ1号線 | 句21⑤・22② |
| | 岡 | ㉜東海道沿い | 句76② |

| 市 | 地区 | 名称など | 句碑番号など |
|---|---|---|---|
| 湖南市 | 石部西 | ㉝真明寺 | 句3 |
| | 柑子袋 | ㉞ほほえみの水辺 | 句1② |
| | 岩根 | ㉟岩根小学校前 | 句4 |
| | 三雲 | ㊱園養寺 | 句96② |

| 市 | 地区 | 名称など | 句碑番号など |
|---|---|---|---|
| 甲賀市 | 水口町京町 | ㊲大岡寺 | 句5 |
| | 甲南町杉谷 | ㊳息障寺 | 句22③ |
| | 土山町南土山 | ㊴常明寺 | 句94① |
| | 信楽町上朝宮 | ㊵仙禅寺 | 句99① |
| | 信楽町宮尻 | ㊶大谷宅 | 句99② |
| | | ㊷美谷橋横 | 句99③ |

| 市 | 地区 | 名称など | 句碑番号など |
|---|---|---|---|
| 長浜市 | 西浅井町塩津浜 | ㊸塩津神社 | 句21③ |
| | 高月町高月 | ㊹高月観音堂（大円寺） | 句81① |
| | 酢 | ㊺酢区会館 | 句22④ |
| | 今町 | ㊻ | 句12 |
| | 宮前町 | ㊼長浜八幡宮 | 句97① |
| | 下浜坂町 | ㊽良疇寺 | 句21④ |

| 市 | 地区 | 名称など | 句碑番号など |
|---|---|---|---|
| 米原市 | 清滝 | ㊾柏原中学校東 | 句97③ |

| 市 | 地区 | 名称など | 句碑番号など |
|---|---|---|---|
| 彦根市 | 佐和町 | ㊿長純寺（P213） | 森川許六墓 |
| | 原町 | (51)原八幡神社（P214） | 句14② |
| | | (52)原東山霊園管理棟裏（P215） | 森川許六句碑 |
| | 大堀町 | (53)床の山 | 句14① |
| | 平田町 | (54)明照寺（P216） | 句80・李由句碑 |
| | 高宮町 | (55)高宮神社 | 句97② |
| | | (56)多賀大社一の鳥居前（P217） | 江左尚白句碑 |
| | | (57)小林邸（P217） | 紙子塚 |

| 市 | 地区 | 名称など | 句碑番号など |
|---|---|---|---|
| 近江八幡市 | 小船木町 | (58)願成就寺 | 句53②・94② |

| 市 | 地区 | 名称など | 句碑番号など |
|---|---|---|---|
| 高島市 | 野田 | (59)妙楽寺 | 句25② |
| | 鵜川 | (60)白鬚神社 | 句21② |

**大阪府**

| 市 | 地区 | 名称など | 句碑番号など |
|---|---|---|---|
| 大阪市 | 中央区 | 難波別院（南御堂）（P153） | 句98② |

同句碑5　句20「四方より」　⓴㉛㊸㊽(60)
　　　4　句22「行く春を」　⓯㉛㊳㊺

# I　松尾芭蕉とは

# 松尾芭蕉

寛永二十一年（一六四四）～元禄七年（一六九四）十月十二日。江戸時代前期の俳諧師。現在の三重県伊賀市出身。俳号としては初め実名宗房を、次いで桃青、芭蕉（はせを）と改めた。蕉風と呼ばれる芸術性の極めて高い句風を確立し、後世では俳聖として世界的にも知られる、日本史上最高の俳諧師といわれる。俳諧・俳諧師については後述する。

最高の俳諧師とされるのには、次の四つが考えられる。

①「旅する俳諧師」といわれる芭蕉自身が書いた俳文『野ざらし紀行』『鹿島紀行』『更科紀行』『おくのほそ道』『幻住庵記』等で、表現の新しさを求め、事実の羅列とは一線を画した作品をめざしていること。

②芸術性の高い句風を確立していった足跡は、芭蕉の門人の代表的な撰集『俳諧七部集』（『冬の日』『春の日』『曠野』『ひさご』『猿蓑』『炭俵』『続猿蓑』）等からうかがえること（『俳諧七部集』は芭蕉死後三十年前後の享保年間〈一七一六～一七三六〉に佐久間柳居が選定している）。

松尾芭蕉（『正風百人一句集』俳句かるた、芭蕉翁遺跡顕彰会刊より。以下同）

芭蕉の父が埋葬された願成寺（三重県伊賀市）

松尾芭蕉の生家（三重県伊賀市）

③門人たちが、芭蕉の漂泊の跡を訪ねて遺吟を収集したことや、芭蕉が果たし得なかった筑紫（福岡県）への旅をしたこと、また、孫弟子たちがその遺志を受け継いだこと（例、前項の七部集の選定）から、蕉門は短期間で全国各地に広がり、近世中期には大半が蕉風となったこと。

④芭蕉は筆まめな人で、多数の書簡が残っていて、人となりがよくわかること。

くわしくは次の年譜に示す。門人については後述する。

## 芭蕉の年譜

### (1) 生い立ち

本名、松尾宗房。伊賀国上野（三重県伊賀市）出身、幼名金作。六人兄妹の次男。井原西鶴、近松門左衛門と並んで、元禄三文豪に数えられる（西鶴は二歳年上、近松は九歳年下）。同国柘植で生まれたとする説もある。父の名は与左衛門、芭蕉が十三歳の頃に亡くなり、伊賀上野の松尾家の菩提寺である遍光山願成寺（通称、愛染院）に埋葬された。生涯独身であった芭蕉は本来ならばここに埋葬されるはずであったが、芭蕉自身の遺志により、近江国膳所（滋賀県大津市）の義仲寺に葬られた。以後家は兄半左衛門が支えることとなり、兄からの借金の申し出に門人に借金を頼んだりしている。

### (2) 俳諧を学ぶ

父の死と前後して芭蕉は、藤堂藩（津藩、現在の三重県津市）の藤堂新七郎良清（藤堂藩の伊賀上野の支城の侍大将）の息子、藤堂良忠に同年代の奉公人として仕える。藤堂高虎を藩祖とする藤堂藩には文芸を重んじる藩風があり、俳諧連歌を好む良忠（俳名を蟬吟という）の影響を受けて、また必然として俳諧を習得していったものと思われる。蟬吟は京の北村季吟（寛永元年〈一六二四〉～宝永二年〈一七〇五〉）に師事したが、その関係で芭蕉も季吟の門下ともなった。古典の教養も、蟬吟に仕えた結果、習得されたと考えられる。

**寛文六年**（一六六六）**二十三歳**

四月二十五日、藤堂蟬吟が二十五歳で病没する。

**寛文七年**（一六六七）**二十四歳**

京都に出て、北村季吟に俳諧を学んだとする説もある。

芭蕉稲荷神社境内の芭蕉庵跡（東京都江東区）

芭蕉史跡展望公園の芭蕉像（東京都江東区）

寿貞（法名、本名は不詳）と結ばれたと伝えられている。延宝年間（一六七三〜一六八〇）に江戸で結ばれたという説もある（256頁参照）。

**寛文十二年（一六七二）二十九歳**

菅原道真公七百七十年忌の一月二十五日に宗房の号で自ら編纂した初めての句集『貝おほひ』を伊賀上野（三重県伊賀市）の菅原神社（上野天神宮）に奉納した。

## (3) 江戸へ下る

**寛文十二年（一六七二）二十九歳**

江戸に下って深川の六間堀に住んだ。俳諧の師匠となることを決意してのこととされているが、真相は不明である。

**延宝二年（一六七四）三十一歳**

俳諧の師匠となる上での卒業免許状にあたる『埋木』という北村季吟著の俳諧作法書を伝授されたとする説がある。

**延宝三年（一六七五）三十二歳**

五月、江戸に下っていた西山宗因の出座する百韻興行に参加し、この時初めて桃青（とうせい）の号を用いた。

**延宝四年（一六七六）三十三歳**

藤堂藩の規定により五年ごとの一時帰国を義務付けられていたため第一回目の帰省をした。

**延宝五年（一六七七）三十四歳**

四年間、神田上水（かんだじょうすい）底の土砂を掘り取り運搬処分する作業を取り仕切る実務的能力を発揮した。

**延宝八年（一六八〇）三十七歳**

四月に、『桃青門弟独吟二十歌仙』を刊行し、俳壇での地位を確立した。古参の弟子たち、榎本（宝井）其角（きかく）、服部嵐雪（らんせつ）、杉山杉風（さんぷう）らはすでに延宝三年（一六七五）から蕉門をくぐっているが、この頃にはかなりの弟子たちがいて、江戸で知られた俳諧師となっていた。

## (4) 蕉風が転換する

**延宝八年（一六八〇）三十七歳**

冬、江戸市中から、郊外の深川の草庵（泊船堂、後の芭蕉庵）に移り、俳壇の俗流と絶縁する。俳諧師の師匠としての地位を捨てるような行為だった。この前後に、仏頂和尚から禅を教わり、生活も門人の寄付に頼って生計をつなぎ、羽振りのよい生活とはすっかり別れを告げた。

**天和元年**（一六八一）**三十八歳**

門人から貰った芭蕉の株を植えて以来、芭蕉庵と呼ばれるようになった。やがて自らの俳号にも「芭蕉」（仮名書きの場合の署名は「はせを」）を使用することになる。

**天和二年**（一六八二）**三十九歳**

年末の江戸の大火（八百屋お七の事件）で芭蕉庵は全焼したが、翌年弟子たちが皆で再建した。

## (5)　蕉風を確立する

**貞享元年**（一六八四）**四十一歳**

八月秋より翌年の四月まで、『野ざらし紀行』で知られる西国の旅に弟子の千里と、故郷の伊賀国上野などの旅に出る。「旅する俳諧師」としての芭蕉の作品が残され、作風が変化していく。各地に門人ができ、江戸以外

採茶庵跡の芭蕉像（東京都江東区）

に蕉門が成立する出発点となった。

**貞享二年**(一六八五)**四十二歳**

三月上旬に『野ざらし紀行』に「大和より山城を経て、近江路に入て美濃にいたる」と記されたように大津へ入り三上千那・江左尚白の家に宿泊。石部を経て、水口で服部土芳と出会い、桑名に入る。第一回近江滞在中五句詠む。

『俳諧七部集』の第一集『冬の日尾張五歌仙』を名古屋の門人となしとげた。

**貞享三年**(一六八六)**四十三歳**

八月下旬に『俳諧七部集』の第二集『春の日』山本荷兮編出版。

**貞享四年**(一六八七)**四十四歳**

八月十四日に芭蕉は門弟の河合曽良、禅僧でもあった宗波と共に、鹿島(茨城県鹿島市)の根本寺(鹿島神宮の近く)に世間から離れひっそりと暮らしていた仏頂和尚を尋ね、かつ月見を兼ねるという旅『鹿島紀行』に出発。

十月二十五日(一六八七)、芭蕉は亡父の三十三回忌のため故郷へ戻り、かつ大垣や名古屋の仲間たちとの俳諧を行うため、上方への旅に出発する。さらに伊勢、吉野、須磨などの名所を歩き回った。長旅のあいだにつづった翌年四月までの俳文書簡などをもとに、芭蕉の死から十五年後の宝永六年(一七〇九)に近江の門人の河合乙州が編纂して『笈の小文』にまとめあげた。

**貞享五年**（一六八八）**四十五歳**

五月中旬大津に赴き、六月五日まで主として江左尚白の家に滞在。

六月五日に大津の奇香亭で、奇香・尚白ら十人で、「十吟歌仙」を催す。この頃瀬田にて蛍見。江戸へ帰る。第二回近江滞在中九句詠む。

八月十一日、十五夜の月を見るために、門弟の越人と共に信濃国（長野県）へ『更科紀行』の二十日間の旅をする。名古屋から美濃・木曽路を経て、八月末に江戸へ戻る。

九月三十日元禄と改元。

## (6)『おくのほそ道』の旅に出る

**元禄二年**（一六八九）**四十六歳**

二月頃『俳諧七部集』第三集『曠野』山本荷兮編の序文を書く。

三月二十七日（東京の千住）から八月二十一日頃（岐阜の大垣）まで弟子の曽良と共に、東北北陸道を経て岐阜までを旅する。この時の旅を、推敲を重ね、元禄七年に『おくのほ

曽良

千住大橋「奥の細道　矢立初めの地」の碑

そ道』として世に出す。

九月に伊勢神宮の式年遷宮を拝し、伊賀、奈良を経て京都の向井去来の落柿舎を訪れ、「不易流行」（蕉風俳諧の根本的理念で、あらゆる一切は現象的に変化を続けると同時に、永遠不滅の本質に根ざしているという考え方）を説く。

十二月末には京の落柿舎から大津の尚白、次いで河合乙州を初訪問し、木曽寺（義仲寺）、膳所の菅沼曲翠の家を経て医師・浜田洒堂（珍碩）の洒落堂で越年した。

十二月の末芭蕉は初めて河合智月を訪問した。大津智月の家で俳諧。

膳所で越年。第三回近江滞在中五句詠む。

### (7) 蕉風を完成する

**元禄三年（一六九〇）四十七歳**

春～秋、第四回近江滞在。近江で最も長い六ヶ月余り滞在中三十句詠む。

三月中旬、膳所義仲寺の無名庵に滞在。

中尊寺の芭蕉像と本文碑（岩手県平泉）

羽黒山の芭蕉像と句碑（山形県鶴岡市）

四月六日から七月二十三日まで曲翠が用意した国分（こくぶ）の幻住庵に入る。この後しばらくして芭蕉俳文の傑作といわれる『幻住庵記』の初稿が完成。

八月に『俳諧七部集』第四集『ひさご』酒堂（珍碩）編で「軽み（かるみ）」（日常性の中に日常的なことばによる詩の創造の実現をめざす句体・句法・芸境のこと）の発揮された作品が記される。

九月末、伊賀上野に帰る。冬、京都に行き、近江に入り、大津の乙州の新宅で越年。

**元禄四年（一六九一）四十八歳**

十二月から一月上旬、第五回近江滞在。近江で十句詠み、伊賀へ帰り三月末まで滞在。

一月上旬江戸に下る乙州の送別句会を催す。

六月から九月、第六回近江滞在。新築された義仲寺無名庵に住み、二十二句詠む。

七月三日に『俳諧七部集』第五集『猿蓑（さるみの）』去来・凡兆編の編集に監修者として参画し、発刊する。元禄の新風をしめした蕉門の最高峰の句集と後に称される。

十月二十九日に江戸に戻る。翌年五月、新築された深川芭蕉庵に移る。

## (8)　芭蕉の晩年

**元禄五年（一六九二）四十九歳**

八月九日、江戸勤番中の彦根藩士森川許六（きょりく）が入門。

九月上旬、大津膳所の酒堂（珍碩）が深川芭蕉庵に来て、翌年一月まで滞在する。

**元禄六年**（一六九三）**五十歳**

五月六日、彦根に帰る許六に、『許六離別の詞（柴門の辞）』を贈る。

七月中旬より約一ヶ月間、門戸を閉じて人々との対面を避ける。寿貞とその子たちが芭蕉のもとに来たのはこのころかと推測される。

**元禄七年**（一六九四）**五十一歳**

四月『おくのほそ道』が完成。同作は四百字詰原稿用紙換算で二十八枚足らずだが、芭蕉は練りに練って三年がかりで原稿をまとめ、二年をかけて清書を行い、この年の初夏にようやく形になった。

五月十七日から二十一日まで乙州の家に一泊、曲翠の家に四泊し、京都の落柿舎去来の家に向かう。第七回近江滞在。句詠まず。

六月発刊の『俳諧七部集』第六集『炭俵』志太野坡、小泉孤屋、池田利牛共編は芭蕉の「軽み」のよく表れたものとされる。

六月二日ごろ、深川芭蕉庵留守宅で寿貞が死亡。

六月十五日から七月五日まで、義仲寺無名庵に第八回滞在中十二句詠む。

九月上旬、各務支考と協議し、『続猿蓑』の編集を大体なしとげる（元禄十一年〈一六九八〉五月刊行）。晩年の「軽み」を最もよく表すとされる。

十月十二日大坂、南御堂前の花屋仁右衛門の貸座敷で死去。生前の希望に従って遺体は船に乗せて門人のほか、寿貞の子二郎兵衛も一緒に淀川を伏見まで運ぶ。十月十三日昼過ぎ頃、膳所の義仲寺に入り、翌日夜に境内にある木曽義仲の塚の隣に埋葬。

## 俳諧について

### ⑴　連歌とは

連歌とは、和歌の五・七・五（長句）に、ある人が七・七（短句）を付け、さらにある人が五・七・五を付け加えるというように、百句になるまで長句・短句を交互に連ねていく。これを「百韻連歌」といい、鎌倉から江戸時代の連歌の基本形となる。この百韻十巻を千句、千句十巻を万句といった。また、百韻に満たない、五十韻、世吉（四十四句）、歌仙（三十六句）などの形式の連歌もときおり行われていた。多数の人たちが一つの座につどい、共同してつくる座（場）の文学であった。その場で創作し、そして他人の歌を鑑賞しながら再び創作、これを繰り返しながら共同でひとつの詩を制作する文学の形態である。連歌をする上で、同じような発想や言葉の繰り返しを避けるために、連歌独自のルールが創られた。

## (2) 俳諧とは

俳諧は連歌を一般庶民でも詠めるように、主に和歌中に使われる言葉だけでなく、俗語や漢語なども自由に使ってよく、ルールも簡略化されたもの。句数も減らされて、三十六句を詠み継ぐ歌仙連歌という形式が主流になり、室町末期に、山崎宗鑑・荒木田守武（もりたけ）らによって独自の文芸となり、江戸時代に、松永貞徳・西山宗因（そういん）らを経て、芭蕉に至り、蕉風俳諧として芸術的完成をみたのが俳諧である。

俳諧とは滑稽（こっけい）とほぼ同じ意味に用いられた言葉で、驚きや笑いを生じさせる言葉がその時その場の雰囲気に合わせて口をついて出てくることをいう。連歌から俳諧へ移行する途中には「俳諧の連歌」と呼び、正統の連歌から分岐して、遊戯性を高めた集団文芸である。連歌師の余技として言い捨てられていたが、純正な連歌の従属的地位を脱し、「俳諧」とだけ略称されるようになっていった。

## (3) 俳諧師とは

句会に出ての指導料や作品の加点・添削をした謝礼で暮らし、俳諧で生計を立てる人をさす。俳諧の師匠。

## (4)　歌仙を巻くとは

「歌仙を巻く」とは長句(五・七・五)と短句(七・七)を交互に参加者が順に詠んでいき、三十六句連ねたもの。最初の句を発句(ほっく)、その次の句を脇句(わきく)、その次の句を第三、最後の句を挙句(あげく)(揚句)、その他の句を平句(ひらく)という。基本的に複数の人間が携わる。一座をさばく師匠・俳諧師と、師匠を補佐しつつ句を懐紙に記録する書記役の執筆(しゅひつ)と、一般の作者である複数の参加者から成る。

一例を挙げると、元禄三年(一六九〇)三月に、近江の洒落堂で芭蕉・洒堂(珍碩)・曲翠の三人が歌仙を巻いた。以下の句番号はⅡ章を参照。

(発句)近江関連句96「木(こ)のもとに汁も膾(なます)も桜哉(かな)」(芭蕉)

(脇句)「西日のどかによき天気なり」(洒堂)

(第三)「旅人の虱(しらみ)かき行春暮て」(曲翠)

続けて芭蕉(七・七)・洒堂(五・七・五)・曲翠(七・七)と三十六句の挙句まで詠んだ。

この時に詠んだ歌仙が同年八月に出版された『俳諧七部集』第四集『ひさご』で、巻頭を飾った。

## (5)　俳句とは

芭蕉の時代には、今でいう「俳句」は俳諧の最初の一句という意味で「発句」といった。俳句は明治になって短詩形文学の革新を唱えた正岡子規が俳諧から独立させた発句の新しい名称として名づけたものである。

## 芭蕉の句の特徴

俳諧師は俳諧の連歌を職業とし、その点料を取って生活する人である。したがって、点料をくれる人に気に入られるように振る舞う必要がある。その生活の糧を捨てて、芭蕉は延宝八年（一六八〇）の冬師匠をやめた。東京の郊外深川に世間から離れて、ひっそりと暮らすことを選んでからの作風に大きな転換がある。

さらに、『野ざらし紀行』『鹿島紀行』『笈の小文』『更科紀行』『おくのほそ道』の旅を重ねていくにつれて、芭蕉の心に抱く思いを率直に述べた主体性のある句を詠むようになる。

たとえば、『おくのほそ道』で詠まれた「荒海や佐渡によこたふ天河（あまのがわ）」の句は叙景句で、一見心情を露骨に述べていないように見えるが、地上に押し寄せる激しい波、空にははるかかなたに流れる星と、天と地の自然の壮大な景色をざっくりと表現し、自然に対比した人間の哀れを訴えている。

また、句45「病雁（びょうがん）の夜寒（よさむ）に落ちて旅寝哉」（91頁）は「夜空を渡る雁の列から、一羽だけ急に舞い落ちたあの雁は、夜寒に堪えきれなかった病気の雁なのか。思わぬ所で独り佗しく旅寝するものよ」と、病になることが多くさすらい続けている自分を詠んでいる。近代詩でいえば、ポール・ヴェルレーヌの「落葉」の「げにわれは／うらぶれて／ここかしこ／さだめなく／とび散らふ／落葉かな」（上田敏訳）なのである。

したがって、蕉風俳諧の樹立に伴って、主体的な、人間が存在する句が出現し、文学として俳句の道を切り開いたと考えられる。明治以降の近代文学の勃興の中で島崎藤村・蒲原有明・三木露風・室生犀星・芥川龍之介・加藤楸邨・中村草田男らが、心惹かれたのは、芭蕉が主体性のある句の道を切り開き、不特定多数の読者に思うところを訴えたからにほかならない。

主体性のある句のほかに、広い意味での挨拶性を持った句がある。挨拶として詠みかける相手は句会の主催者の亭主である。例えば、前書に「本間氏主馬宅に遊びて」とある句88「ひらひらと挙ぐる扇や雲の峰」（135頁）は大津市の宝生流の能役者の家を訪問して能に不可欠な扇を取り上げ、その演技を褒めつつ、この家名も大空に高く立つ雲のように高いとした挨拶句が挙げられる。

また、主催者に対してではない場合の挨拶句として例を挙げると、膳所義仲寺の草庵に人々が訪問した時、句17「霰せば網代の氷魚を煮て出さん」（62頁）と詠んでいる。路通が奥羽におもむくと聞けば、句20「草枕まことの華見しても来よ」（66頁）と旅立ちに際して句を贈っている。句22「行く春を近江の人と惜しみける」（74頁）は「望ミテ二湖水一惜レ春ヲ」と前書があり、船中の人々に呼びかけた句で、いずれも特定の人に呼び掛けた挨拶の句である。

『おくのほそ道』の旅以降、近江在住が多くなり、晩年の充実期に芭蕉俳文の傑作といわれる『幻住庵記』の初稿が完成し、近江の門人たちと「軽み」が発揮された作品を詠んでいく。近江関連句96「木のもとに」（146頁）が最初に「軽み」の表現に成功した句といわれている。

最後に、芭蕉は句を何度も何度も推敲するのも特徴である。言葉の一文字一文字を大事にし、考えに考え抜いて自分の思いを的確に表現することを追求している。句22は「行く春や」を「行く春を」と直している（74頁）。「行く春や」とした初案が芭蕉自筆の短冊に残っている。「や」と「を」の違いで全体にどう違うのか芭蕉が深く検討したからである。『おくのほそ道』の道中や近江に建立された芭蕉の句碑を見て歩いたが、碑によってどの時期のものを採用したか刻まれた言葉でわかる。

## 蕉門十哲（しょうもんじってつ）

芭蕉の弟子は全国に数多くいたが、中でも、師匠である芭蕉をよく研究し、多くの作品を残した弟子を十人挙げて「蕉門十哲」という。芭蕉の十哲はよくいわれるが、人によって取り上げる人物は少しずつ違っている。いろいろな説があるが、共通して出ているのが、榎本其角・服部嵐雪・向井去来・内藤丈草の四人である。ちなみに、与謝蕪村筆の『俳人百家撰』では四人のほかに次の六人を挙げている。各務支考・立花北枝・森川許六・河合曽良・志太野坡・越智越人。次にいろんな選定者によってよく登場する十一人を挙げておく。近江の門人たちとしてⅣ章で①榎本其角⑦森川許六⑨内藤丈草は詳しく取り上げる。

**①榎本（後に宝井）其角**　寛文元年（一六六一）～宝永四年（一七〇七）

十四、五歳で蕉門に入り、蕉門第一の門弟といわれる。藩医だった父の竹下東順の家の跡と思われる大津市堅田に「宝井其角寓居乃跡」の碑が建立されている。

**②服部嵐雪**　承応三年（一六五四）～宝永四年（一七〇七）

二十一歳の頃に門弟となる。其角とならんで蕉門の双璧をなす。

**③向井去来**　慶安四年（一六五一）～宝永元年（一七〇四）

長崎出身。京都の嵯峨野に落柿舎を所有し、芭蕉に終生つくした。芭蕉より野沢凡兆とともに『猿蓑』の編者に抜擢される。『去来抄』などの著作がある。

榎本其角

**④越智越人**　明暦二年（一六五六）～没年不詳
尾張蕉門の重鎮。『更科紀行』に同行した。名古屋で染め物屋を営む。

**⑤河合曽良**　慶安二年（一六四九）～宝永七年（一七一〇）
信州出身。江戸蕉門。『鹿島紀行』と『おくのほそ道』に随行。深川芭蕉庵の近くに住み、芭蕉の日常生活を助けた。

**⑥志太野坡**　寛文二年（一六六二）～元文五年（一七四〇）
福井出身。『俳諧七部集』中の第六集『炭俵（すみだわら）』を他の門人と編纂する。

**⑦森川許六**　明暦二年（一六五六）～正徳五年（一七一五）
彦根藩士で晩年になって入門。多数の著作がある。画才があり、芭蕉も師と仰いだ。

**⑧各務支考**　寛文五年（一六六五）～享保十六年（一七三一）
芭蕉の口述遺書三通を代筆する。芭蕉没後、美濃派を樹立し、全国に蕉風を普及させた。多くの論書がある。

**⑨内藤丈草**　寛文二年（一六六二）～宝永元年（一七〇四）
尾張国生まれの犬山藩士。元禄六年（一六九三）、近江国に移る。

**⑩立花北枝**　生年不詳～享保三年（一七一八）

志太野坡

加賀の金沢で研刀業を営む。『おくのほそ道』の道中で芭蕉と出会い入門。

⑪**杉山杉風**（さんぷう）　正保四年（一六四七）～享保十七年（一七三二）

江戸・日本橋で鯉屋の屋号の魚問屋を営む。江戸蕉門の代表的人物。豊かな経済力で芭蕉の生活を支えた。

# 門人との交流

## (1)　師匠としての芭蕉

自分の仕事をしっかり出来る人が、良い指導者とは限らない。良い師というのは、弟子の才能を引き出して育てる人をいう。芭蕉がたくさんの門弟から慕われたのは、指導者として生まれ持った才能があったのではないかと考えられる。その証拠は数多く残された書状に門弟をはげました「心の琴線に触れる言葉」から読み取ることができる。

例をあげると、平成二十六年（二〇一四）秋に兵庫県伊丹市の柿衞（かきもり）文庫で個人所有のためこれまで知られていなかった芭蕉の弟子宛の直筆の手紙が初公開された。元禄七年（一六九四）正月二十九日付の水田正秀宛の書簡に句を「無比類御手柄にて候（比べる対象がないほどすばらしい腕前であります）」と褒（ほ）めたたえている（228頁参照）。

また、元禄三年（一六九〇）九月に江戸に滞在していた菅沼曲翠宛の書簡に、水田正秀と浜田洒堂（珍碩、珍夕）について、「正秀・珍夕両吟、一番出来にて候」とその才能を認めている。直接本人に伝えるだけでなく、周りにも知らせ、その能力を認め、広がるようにしている。褒めて育てた良い例だと思われる。

芭蕉筆正秀宛書簡の一部「無比類御手柄にて候」（個人蔵）

### ⑵ 門人とのつきあい

芭蕉は人情の厚い人で、ほとんど毎日のように友人や門人たちに書簡を送っているのが残っている。家族の病気を見舞い、子女の安否を尋ねている。質問には丁寧に答え、他の門人の近況なども知らせ、俳道に励むように激励している。この筆まめさと人情の厚さが近江だけでなく、全国に多数の門人を持つようになった一つの理由でもあろう。

近江で例をあげると、菅沼曲翠は近江の門人の中でも、特に芭蕉との親交が厚く、家族ぐるみのつきあいであった。元禄三年（一六九〇）膳所をおとずれた芭蕉に国分山の伯父定知の住んでいた幻住庵を提供。元禄四年十一月十三日の曲翠宛へ手紙の中に「偏に膳所は旧里のごとく存じなし候（私は、ひたすら膳所を故郷のように考えます）」（227頁参照）とある。また、元禄六年二月八日付の書簡では江戸にいた曲翠に芭蕉は借金の申し入れをしている。それには、返済時期が未定であるばかりでなく、自分の都合で返済しないかもしれないが金を貸してくれとずいぶんと虫のいいことを書いているが、それでも彼は貸してくれるであろうという彼に対する信頼の強さを見ることができる。

元禄三年七月の芭蕉の水田正秀宛の書簡には「又々色々御取揃え芳慮（ほうりょ）にかけられかたじけなく（またまたいろいろと取りそろえてお心にかけていただき感謝にたえません）」と記され、同年九月の書簡では「貴境旧里（ふるさと）のごとく（ここ〈膳所〉こそ故郷ごとく）思われ…」「立帰り立帰り御やつかひに（何度でも戻ってきてご厄介になる）」と書き、正秀が金銭面などで芭蕉を支援していたことがわかる。

その他、河合智月（ちげつ）は元禄四年八月十三日付の書簡で「洗濯の着物がありましたら」と身の回りの世話を申し出ている。元禄三年冬には智月の弟の河合乙州（おとくに）が買った家に芭蕉が入ったりして、芭蕉の生活を支え、献身的に尽くしている（223頁参照）。

つまり、心身共に支えてあげたいと思わせる人間的な魅力を芭蕉は持っていたということになるだろう。

## 芭蕉の遺言

前述したように元禄三年（一六九〇）九月の水田正秀宛、元禄四年十一月の菅沼曲翠宛の書簡で膳所を故郷のように思うと記している。その思いが伏線となって遺言になったと思われる。『芭蕉翁行状記』によると「偖からは（死後は）木曽塚に送るべし。ここは東西のち、また、さざ波きよき渚なれば、生前の契深かりし所也」とある。自分の眠る地を故郷の伊賀上野でなく、大津を選ばせたのは近江の風土であり、近江の人々であったことを誇りに思ってもいいのではないか。平成八年（一九九六）に伊賀上野市と大津市が姉妹提携を結んだのも、ひとえに、芭蕉が結んだ縁であろう。句86「さざ波や」（133頁参照）。

註：『芭蕉翁行状記』八十村路通編、元禄八年（一六九五）刊。松尾芭蕉の略歴、最後の旅の模様、終焉、追憶などを記し、追善の連句や追悼の発句などを添えたもの。

# Ⅱ 芭蕉の愛した近江

# 芭蕉の愛した近江

## 近江滞在八回、「軽み」理解し支えた門人

松尾芭蕉は旅に生きた晩年の十年の中で、近江に八回滞在し、最後は遺言により義仲寺に埋葬された。芭蕉の全生涯に作成した九百八十句（今栄蔵校注『新潮日本古典集成〈新装版〉芭蕉句集』、新潮社、二〇一九）のうち、近江では九十三句を詠んでいる。芭蕉が近江と深くかかわった時期が三期ある。

一期目が、第一回と第二回の滞在時期で、第一回の貞享二年（一六八五）『野ざらし紀行』で再び近江へ来た。江左尚白・三上千那らが近江での初門人となった。第二回目の貞享五年（一六八八）は五月中旬に滞在した。

二期目が、第三回から第六回の滞在時期で、第三回は『おくのほそ道』の旅を終えて元禄二年（一六八九）の年末に大津に入り越年、門人たちと交流を深めた。河合智月との出逢いもこの時である。第四回の元禄三年（一六九〇）は、三月～九月近江で最も長く半年余り滞在。菅沼曲翠が提供した庵で過ごす間に、俳文『幻住庵記』を著した。いったん郷里に戻った芭蕉はこの年の年末から河合乙州の新宅で越年したのが第五回。元禄四年（一六九一）六月～九月、彼のために新築された義仲寺無名庵に滞在したのが第六回。

二期目では近江で詠んだ句の七割以上作句している。
三期目は第七回と第八回の滞在時期で、元禄七年（一六九四）であった。無名庵に最後の滞在をした。十月十二日大坂の南御堂で没す。遺言により十四日、義仲寺に埋葬された。

## 芭蕉の近江滞在が増えた理由

芭蕉は晩年に「軽み」（日常性の中に日常的なことばによる詩の創造の実現をめざす句体・句法・芸境のこと）を目指した。第二期以降、芭蕉の近江滞在が増えた理由は、近江関連句96の次の句に由来するものと考えられる。先に伊賀上野で詠んだ句を、膳所で発句にしたので、今回の改訂版では近江関連句として掲載した。

木のもとに汁(しる)も膾(なます)も桜かな

句意　屋敷の庭に莚(むしろ)を広げ、花盛りの桜の下で酒盛りもたけなわの席に、落花紛々(ふんぷん)として降りかかり、汁も膾も、何もかも花まみれになってしまいそう。季語　桜（春）

この句は元禄三年（一六九〇）三月二日、伊賀上野の風麦亭で行われた時の発句（連歌や連句の巻頭の第一句）として詠んだ。伊賀の門人は「軽み」に移りかねて芭蕉の期待に沿う句が詠めなかった。改めて、同年三月中・下旬頃、膳所に出て、同じ「木のもとに」の発句で洒堂・曲翠と三人で歌仙（＝二人以上の詠み手が五七五の長句と七七の短句を順々に三六句並べていく連句のこと、詠むことを巻くという）を巻いた。この席で「軽み」の発揮された作品が生まれる。

つまり、伊賀上野の門人には芭蕉の志向する「軽み」はもうひとつ理解されず、近江の門人はよく心得て句を詠んだ。真の理解者のいるところ近江は芭蕉にとって最も居心地がよく、ここに永眠したいと願うことになったターニングポイントともいえる句なのである。

芭蕉が近江に滞在したのは八回。伊賀上野から藤堂家の使いで往復していると予想されるが、『野ざらし紀行』で句が残っているのを一回目とし、第七回は五泊のみであるので句はないが、滞在がわかる資料があるので一回と数えた。第九回は遺体となってからなので、句はないが創作としては生涯最後の句を紹介する。

# 第一回　貞享二年（一六八五）句１～５　五句八碑

第一回、貞享二年（一六八五）四十二歳、『野ざらし紀行』の途中、前年に近江を通過していた芭蕉は、この年『野ざらし紀行』で再び近江へ。三月、大津に滞在。つまり、前年に近江を通過した時は句を作っていないが、再度『野ざらし紀行』で再び近江へ来た時五句作っているので、これを第一回と数えることにした。五句作成。五句八碑（五句作成し、その句の中で五句が句碑にされ、全部で八碑建立されている意）。以下各回同じ表記をする。

近江の人々との交流として、近江に初めて門人ができる。江左尚白・三上千那らが入門。伊賀に帰郷し、吉野・山城・美濃・尾張などに遊び、翌年尾張を経て木曽路に入り四月江戸に戻るまでの『野ざらし紀行』の旅をした。蕉風樹立への意欲がみられ、俳諧修業の旅であった。紀行には「大和より山城を経て、近江路に入て美濃にいたる」と記されている。三月上旬に大津へ入り、石部を経て、水口で服部土芳と出会い、桑名に入っている。

大津に出づる道、山路を越えて

# 1　山路来て何やらゆかし菫草

句意　春の山路を辿って来て、ふと、道端にひっそりと咲く菫を見つけた。ああ、こんなところに菫がと、その可憐さにただ理屈もなく無性に心ひかれることよ。

季語　菫草（春）

芭蕉は推敲を重ねて句を改案、改作するのが常であったので、初案は「何とはなしに何やらゆかし菫草」であったのを『野ざらし紀行』で前書「大津に～」をつけて、本句を掲載している。

過去の資料では小関越えの小関神社に、この句の碑が昭和四十三年（一九六八）四月に北川静峰によって建立されたとある。しかしながら、小関神社の所有者であった圓満院の内部事情で、平成二十六年（二〇一四）時点には、神社そのものも更地になっていて跡形もない。しかし、県内には次の二基が建っているのがわかって、ほっとした。

**句碑①「山路来て　何やらゆかし　すみれ草」大津市国分　幻住庵**

新しい住宅の建つ山麓に車をとめ、「せせらぎ散策路」をのぼる。木漏れ日に心躍らせ坂をいくと『幻住庵記』に「谷の清水を汲みて」とある「とくとくの清水」に至る。その手前の坂に句81「尊(たふと)がる」の碑を右側に見て、さらにのぼると左手に清水があり、右手に句碑がある。カラー版のすみれ草と共に見ることができる。近江の句碑のうちカラーの絵が付いているのは、ここだけである。

### 句碑②「山路来て何やらゆ可(か)しすみ禮(れ)草」　湖南市柑子袋(こうじぶくろ)

「広野川　ほほえみの水辺」と表示されている公園がある。高さ百二十七センチ、幅九五センチ、厚さ三十三センチの落ち着いた青みを帯びた自然石に彫られている。後方には阿星山(あぼしやま)が見られる。平成六年（一九九四）に旧甲西町(こうせい)（現湖南市）が建立した時は、公園の手前の端に阿星山の方を向いて建立されたが、その後今の位置に移動された。湖南市内には芭蕉ゆかりの句碑が十基ある。

幻住庵の句碑

湖南市柑子袋の句碑

## 2　辛崎の松は花より朧にて

**句意**　湖水一面朧ろに霞みわたる中、湖岸の辛崎の松は背後の山の桜よりさらに朧ろで風情が深い。

**季語**　朧・花（春）

貞享二年（一六八五）芭蕉四十二歳、大津滞在中の三月の朗詠で、『野ざらし紀行』にも、前書に「湖水の眺望」として掲載している。「辛崎の松」とは大津市唐崎の唐崎神社境内の松で、歌枕として昔から有名である。

この句の初案は、「辛崎の松は小町が身の朧」であったといわれている。西湖（中国浙江省杭州市にある湖）と西施（中国の女性。美人として知られ、王昭君・貂蟬・楊貴妃を合わせて中国古代四大美女といわれる）が常に並んで出てくるように、芭蕉にとって琵琶湖と小町は連想の対象であった。よって、初案は近江八景辛崎（唐崎）の松と小町が詠み込まれたと考えられる。「にて」止めについての議論が其角や去来、呂丸によってあれこれとなされたのに対して、芭蕉は「深い意味は無い。ただ花より松の方が朧で面白かっただけだ」と言ったという。

## 句碑①「唐崎能(の)枩(まつ)ハ花与里(より)朧尓手(にて)　芭蕉」

大津市唐崎　唐崎神社

近江八景の一つ「唐崎の夜雨(やう)」で、霊松(れいしょう)はその中心として古くより多くの歌人に愛されてきた。その松の湖に近い所に碑が湖に向いて立っている。高さ二百四十センチ、直径六十センチの円形柱である。柵と松の枝に遮(さえぎ)られ、風雪のため句は読みにくくなっている。広い空と湖、巨大な松を仰ぎ見ることができる素晴らしい場所にある。

## 句碑②「から崎乃(の)松者(は)　花与(よ)り朧耳天(にて)」

大津市神宮町　近江神宮

社務所の手前左手に階段があり、その上に碑がある。大きい句碑で高さ二百八十五センチ、幅百二十六センチ、厚さ六十センチの自然石に彫られている。右側面には「昭和三十二年正風誌百号記念建立」と刻されている。俳祖を松尾芭蕉として、十八世にあたる寺崎方堂氏により創刊された俳諧誌「正風」の百号記念に、方堂師の揮毫で建立された。この「正風」は現在、芭蕉会館（180頁参照）を本拠として、令和四年（二〇二二）九月号

唐崎神社の松と句碑

近江神宮の句碑

で通巻875号を数えている。

**句碑③「可ら佐き能松盤花よ梨　おぼ路尓天者世越」**

**大津市本堅田　本福寺**

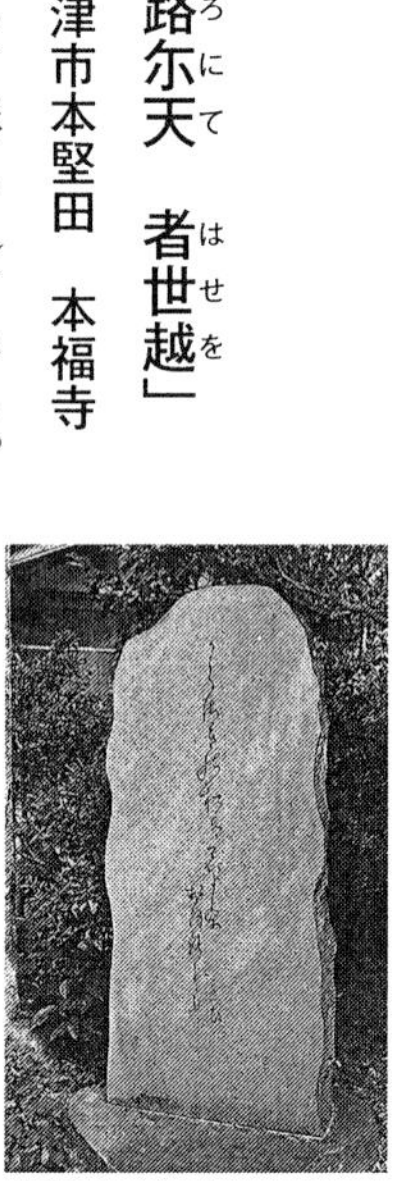

本福寺の句碑

碑の文字は芭蕉自筆の短冊をもとにして彫られている。碑は昭和六十二年（一九八七）滋賀県俳文学研究会が建てられた。高さ百三十八センチ、幅六十センチ。本福寺の前庭には、この句碑をはじめ、芭蕉翁肖像碑などところ狭しと並んでいる。以前ホテルの庭にあったが、ホテルがなくなったので、ここへ移動された。（160頁参照）

## 3　躑躅生けてその陰に干鱈割く女

昼の休ひとて、旅店に腰を懸けて

**句意**　鄙びた街道筋の茶店。近くの山で折って来たらしい躑躅を無造作に手桶に活け、その傍らで、女は客膳の菜にと干鱈をむしり始める。

**季語**　躑躅（春）

「生けて」は花や枝を花瓶などに挿すこと。「干鱈」は鱈の干物。『野ざらし紀行』の時に、石部の茶屋で詠んだとされている。つつじ、干鱈、宿の女を活き活きと描いている。

### 句碑「都(つ)つじいけ亭(て)　曽(そ)能(の)陰尓(に)　干鱈さく女　者(は)世(せ)越(を)」

**湖南市石部西　真明寺**

真明寺の句碑

碑は高さ百九十五センチ、幅七十センチ、厚さ三十五センチの船底形光背の形をした花崗岩の自然石に彫られている。左から書き始め、三行に散らし書きされている。寛政八年（一七九六）七月石部躑躅(つつじ)社が建立。「躑躅社」はこの句の「躑躅」からいただいたと思われる。同時に位牌をつくっておかれる。碑は花崗岩なので、柔らかくはげ落ちている跡が見られる。大切な句碑がこれではと、平成二十四年（二〇一二）六月に、石の表面を表裏とも磨きコーティングの後、表面のひびにボンドを塗り込んで補強をするという風化止めをされた。

碑の左手前の「芭蕉翁句碑」の石標は、芭蕉の句碑とわかりやすいようにと、佐々木光昭前住職が昭和四十年（一九六五）に建てた。理信(りしん)現住職の話によると、以前は山門を入った正面階段の上、現在は愛宕(あたご)社が建っているところに碑があったと伝えられている。天保年間、石部宿に旅籠(はたご)が非常に多かった時によく火事が起こった。句碑にも火が当たったこともあって、町内各所に愛宕社を建てることになった。そこで、碑を現在の位置に移して、愛宕社を上に建てたそうだ。

解説がないとわからないので、江戸期の「躑躅社」にちなんで、湖南市にある四つの句碑（2②・4・近江関連句96②）と一緒に「平成躑躅社」が平成二十七年（二〇一五）に説明板を建てた。

吟行

## 4　菜畠に花見顔なる雀哉

句意　いかにも花見をしているといった顔つきで、雀たちが菜の花畠を飛び回っている。

季語　菜畑に花（菜の花）（春）

**句碑「菜畠耳　花見顔奈類　すゝめ哉　者世越」**

**湖南市岩根　岩根小学校前**

栗東水口道路と平行に走る県道二十七号岩根花園信号から東へ三百メートルほどに岩根小学校がある。小学校前のバス停留所の隅に平成六年（一九九四）十二月建立の碑が建っている。旧甲西町

岩根小学校前の句碑

誌「ふるさとのいしぶみ」№39の乾憲雄（いぬいのりお）氏の説明によると、「戦前、戦中、終戦後もこの甲西町では菜種油を採るために菜種をまいて育てられた。私の少年時代に三雲と貴生（きぶ）川（かわ）の真ん中にある園養寺（おんようじ）（201頁参照）の鐘楼（しょうろう）まで登ってみると、下に見える田畑は菜の花で美しかった」「その甲西あたりでの句である芭蕉さんの絵入りの作品が私の家に残されていた。それをもとにして石に刻して、岩根小学校の前に建立された。芭蕉さん没後三百年記念にと思いつかれて建碑された。県内の芭蕉句碑九十四番目である」とある。町内の工事に掘り出された自然石を利用し、高さ百十五センチ、幅百八十センチ、厚さ五十センチ。その表面に長さ四十センチ、幅六十センチの黒色石をはめこみ句と雀や風景の図が彫り込んである。他の句碑と違って、絵も入っていることを不思議に思っていたが、こうして町誌に書き残しておいてくださるとわかりやすい。ただ、黒色なので写真には写りにくかった。

## 5　命二つの中に生きたる桜哉

水口（みなくち）にて二十年を経て故人（こじん）に逢ふ

**句意**　命あって奇（く）しくもめぐり会えた二人の間に、お互いに生きてきた命の証（あかし）でもあるかのように、桜が生き生きと咲き匂っている。

**季語**　桜（春）

「故人」は旧知の意味で、伊賀上野（三重県伊賀市）の服部土芳をさす。この時土芳は二十九歳で、芭蕉が故郷を出た時にはまだ十歳の少年であった。『土芳全伝』によれば土芳は芭蕉が伊賀を出たのと入れ違いに播磨から帰郷し、追いかける途中水口で再会したという。土芳は芭蕉晩年の俳論を整理した『三冊子』などの著書を残した。

伊賀市に彼の住んだ「蓑虫庵（みのむしあん）」が現在も残っている。元禄元年（一六八八）三月四日に入庵した。その数日後に芭蕉が訪れ、庵開きのお祝いとして贈った「蓑虫（みのむし）の音（ね）を聞きに来（こ）よ草の庵（いほ）」の句にちなんで名付けられた。

## 句碑「いの知（ち）　婦多川（ふたつ）　中に活堂留（たる）　さ久（く）ら　可奈（かな）　翁」甲賀市水口町京町　大岡寺（だいこうじ）

大岡寺の句碑

前の句3が東海道五十三次の石部宿でのもので、この句は隣の水口宿での吟である。碑は大岡寺に建っている。石段をのぼると、山門からは水口の街並みが見られる。本堂のすぐ後は旧国道一号が走っている。句碑は寛永七年（一七九五）に加藤蜃州（しんしゅう）らが建立した。高さ百二十センチ、幅六十センチ。彼は水口城主の親戚にあたり、高桑闌更（たかくわらんこう）の門弟の一人で、武将俳人であった（高桑闌更〈一七二六〜一七九八〉は江戸中期の俳人。加賀の人。中年京都に移り、医を業としながら俳諧に遊び、蕉風の復興に努め、天明の俳諧中興に貢献)。

真ん中に「いの知」「婦多川」その左に「中に活堂留」一番右に「さ久ら」「可奈」となっている。句碑の下には賛同者の名が記されている。当時、日本の各地で芭蕉の百回忌を意識した活動がなされていてその頃の建立である。句碑の左側に石灯籠（いしどうろう）がある。「芭蕉翁碑前」と刻され、裏面に寛政七年とある。句碑だけでなく灯籠も建てたところにこの碑の特徴がある。句碑には「命二つの」の「の」がなく、「生きたる」の「生き」も「活」となっている。読みにくくなったからか、最近白いもので補填された。句碑は本堂の右奥の池の横に最初建立され、昭和三十三年頃の国道一号の工事に伴って、現在の場所に移転された。

# 第二回　貞享五年（一六八八）句6～14　三句四碑

夏、四十五歳。九句作成、三句四碑。

四月十九日、大坂を出発して須磨、明石の名所旧跡を巡り、同二十三日、京都に入り五月十日頃まで滞在、五月中旬大津に着き、六月五日まで滞在。六月五日に大津の奇香（きこう）亭で、奇香・尚白ら十人で、「十吟歌仙」を催す。

## 6　五月雨（さみだれ）に隠れぬものや瀬田の橋

句意　五月雨に降りこめられて、湖面も湖畔の景物も、すべて姿を消し去っている中に、瀬田の唐橋（からはし）だけが、墨絵のように長々と横たわって見える。

季語　五月雨（夏）

「瀬田の橋」は琵琶湖の水が瀬田川となって流出する地点に架かる、長橋で知られる瀬田の唐橋（からはし）。昔、瀬田川にかかる唯一の橋であったこの橋は京都防衛上の重要地であったことから、古くより「唐橋を制する者は天下を制す」といわれた。本格的には近江大津（おおつの）

宮(みや)遷都の時に架橋されたと考えられるが、当時は現在の位置より六十五メートル余り南の龍王社雲住寺あたりであった。近江八景の一つ「瀬田の夕照(せきしょう)」で知られるが、これを雨の中の橋にして、唐橋の威風に焦点を当てた点が新鮮。琵琶湖の大景までが想像される。

唐橋公園の句碑

**句碑「五月雨に　隠れぬものや　瀬田の橋」大津市瀬田　唐橋公園**

唐橋の瀬田側の北に唐橋公園がある。道路を隔てて西光寺がある。唐橋公園に平成六年（一九九四）の三百回忌記念に大津市が建てた。三本の円柱が湖面に向かって並び、一番高い石柱（百八十センチ）に句が彫られ、直径二十八センチの円柱形。三本の円柱は唐橋を模したものか。円柱の碑は他に唐崎神社、石山寺と白鬚(しらひげ)神社に見られる。中程の円柱から説明文が袖を広げるように出ている。残念ながら右の上に少しひびが入っている。

木曾路の旅を思ひ立ちて大津にとどまるころ、まづ瀬田の螢(ほたる)を見に出でて

## 7　この螢田毎(たごと)の月にくらべみん

**句意**　瀬田の川面(かわも)に螢の大群が光を映す、この華麗な光景を、木曾路の田毎の

月と比べてみたい。

季語　螢（夏）

「木曾路の旅」は『更科紀行』の旅。貞享五年（一六八八）八月、門人の越智越人を伴い、名古屋から木曽路を通り、更科姨捨山の月見をして江戸に帰ったときの旅行記。六月六日大津を発った芭蕉は八日岐阜に入り、長良川の鵜飼いを見物、七月名古屋、鳴海に滞在。八月十一日更科の月を賞し、善光寺に詣で月末に江戸に帰った。「田毎の月」は信州姥捨山の斜面に作られた棚田に、中秋の名月が映って見える現象。目の前の蛍と、これから見る予定の月。両者は水に映る光という点で共通している。句碑なし。

## 8　目に残る吉野を瀬田の螢哉

句意　まだ目の底に焼きついている、絢爛たる吉野の花の残像の中を、いまおびただしい数の瀬田の螢が、大群をなして乱舞してゆく。

季語　螢（夏）

江戸時代、瀬田川の流域は蛍の名所として知られていた。京阪電気鉄道石山坂本線の終点石山寺駅は石山寺への最寄りの駅であるが、地名として「蛍谷」が残っている。蛍谷公園もある。二つの美景がイメージの中でとけ合うところがポイント。句碑なし。

## 9　草の葉を落つるより飛ぶ螢哉

句意　光を点滅させながら草の葉を這って（は）いた螢が、葉末でポトリと落ちたかと見ると、地には落ちずそのまま弧を描いてすらりと宙へ飛び上がる。

季語　螢（夏）

「より」は「～するや否（いな）や」。何気ない一瞬を逃さず的確にとらえ、「落つるより飛ぶ」と表現したところがすぐれている。句碑なし。

大津にて

## 10　世の夏や湖水に浮む浪の上

句意　世間は暑さに苦しむ夏の盛りだというのに、湖水に臨んで、波の上に浮ぶ感じさえあるこの家はまことに涼しく、夏を忘れる思いである。

季語　夏

「大津にて」「井狩昨卜亭に遊て（あそび）」「井狩氏水楼」と前書に残るものがあるので、挨拶吟と推測される。招かれた井狩氏亭を褒めている句である。よいところをさがして詠むのも大変だろう。句碑なし。

## 11 海は晴れて比叡降り残す五月哉

五月末、ある人の水楼にのぼる

**句意** うっとうしい梅雨が上がって、湖の一帯はさわやかな五月晴れに映え、比叡の峰のあたりだけがまだ降り残っているらしく、雨雲に覆われている。

**季語** 五月（夏）

「水楼」は水辺に建つ高い建物。「海」と表記しているが、ここでは「琵琶湖」のこと。待望の梅雨明けを迎えた湖国の人々の開放感が、湖面にきらめく陽光で鮮やかに印象づけられる。

**句碑「海者晴れて　比叡降利残す　五月可奈」大津市下阪本　新唐崎公園**

新唐崎公園に入り、左手に「天然記念物　新唐崎松」を見て、岸に沿って、南へ下るとつきあたりに句碑が見える。平成四年（一九九一）四月に大津市のふるさと創生事業で建立された。幅百四十センチ、高さ百五センチ。この時期に五基建立されている。碑の石は違っても、説明碑が同じなのでよくわかる。入口に広域避難場所の案内板はあるが、句碑のことは何も書かれていない。同時期の他の碑は平成二十五年(二〇一四)十二月発行の地元の観光協会のパンフレットに記されているが、この句碑は掲載されていない。おそらく忘れ去られているのではないかと、気の毒になったほどである。この辺りの景色にふさわしいとして建立されたのはよくわかる。

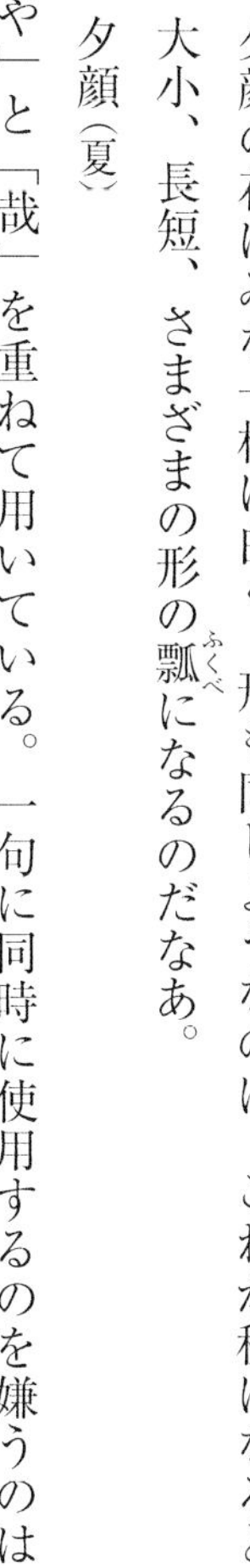
新唐崎公園の句碑

涼み

## 12　夕顔や秋はいろいろの瓢(ふくべ)哉

**句意**　夕顔の花はみな一様に白く、形も同じようなのに、これが秋になると、大小、長短、さまざまの形の瓢(ふくべ)になるのだなあ。

**季語**　夕顔(夏)

切れ字の「や」と「哉」を重ねて用いている。一句に同時に使用するのを嫌うのは、一句の中心が二つになるのをおそれたものであるが、句が分裂しなければよしとする説もある。

## 句碑「夕顔や　秋は　いろいろの　瓢かな」長浜市今町

明治二十九年（一八九六）芭蕉没後二百年を記念して、鍛冶弥街道沿いの「念仏塚」と称された老松の下に建立された。その後、圃場整備のため、昭和六十三年（一九八八）春に現在の地に移された。高さ百九十センチ、幅百五センチ、厚さ三十センチである。碑に向かって右手に伊吹山が聳えている。青い石で稲妻のような白い線が斜めに走っている。小松等の植栽に守られ、四行に散らし書きされている。木製の立派な案内板もあり、わかりやすい。ただ、整備された田道であるので、場所が見つけにくかった。

裏面に回ると、「霧雲や　はれ南無阿弥陀仏　仏の月」の句が彫られ、「明治二十九年吉祥日、九々鱗　山石拝」とある。案内板に「山石は、浅井町醍醐、寂静院の僧で今町同好有志らの宗匠。迷いや悩みの雲がすっかりはらわれてすがすがしい月に合掌する胸中を詠んでいる」とあり、最後に「ふたつの句と建碑由緒から、先人たちのひろい心、深い教養、固いきずながしのばれる」と結

長浜市今町の句碑

んでいる。山石は句5で説明した京都の高桑闌更（たかくわらんこう）を開祖とする芭蕉堂の門に学んでいる。句碑を廻ると芭蕉を慕った人のつながりが見えてくるのもおもしろい。

## 13　皷子花（ひるがほ）の短夜（みじかよ）眠（ねぶ）る昼間哉

元禄元歳戊辰（ぼしん）六月五日会（改元は九月三十日なので正しくは貞享五年）

**句意**　夜はしぼみ、昼間目覚めて花を開く昼顔が、夏の短夜で寝足りなかったせいか、昼もうとうと夢見るような感じで咲いている。

**季語**　皷子花（夏）

大津の奇香亭で巻かれた歌仙の第一句目。昼顔の昼の顔が眠そうだと発想した句。皷子花（漢名「こしか」）を「ひるがお」と訓（よ）ませる。句碑なし。

## 14　昼顔に昼寝せうもの床（とこ）の山

**句意**　床の山の名に愛（め）でて、道端に咲き乱れる昼顔のもとに、ゆるりと昼寝したいのになあ。

**季語**　昼顔（夏）

大津から岐阜へ急ぐ途中、床の山近くの大堀から彦根の明照寺（めんしょうじ）住職李由（りゆう）（230頁参照）に書き送った句。「床の山」は「鳥籠（とこ）の山」で歌枕。鳥籠山は彦根市の里根山・正法寺山・鍋尻山・大堀山など諸説あるが、通説としては彦根市大堀町にある大堀山（別名鞍掛（くらかけ）山）としている。

### 句碑①「ひるがおに昼寝せうもの床の山　芭蕉」彦根市大堀町　床の山

大堀山の麓に「中山道旧跡　床の山」の石碑がある。その碑の左側面に句が彫られている。高さ百十五センチ、幅七十五センチ、厚さ十四センチで、裏面に「平成二年五月三日　堀江敏建之　柳堂書」とある。すぐ後ろに金網があり、判読しにくい。

### 句碑②「ひるかほ尓（に）昼ね　せうもの床乃（の）や満（ま）　者世越（はせを）」

彦根市原町　原八幡神社

参道を進み、つきあたって右に入ると、左側に三基の石碑の並ぶ木立がある。一番右が昼寝塚である。三基のうちで、一番小さい。高さ百十センチ、幅四十センチ、厚さ十二センチ。建立は明治三十年（一八九七）五老井（ごろうせい）連中と推定され

床の山の句碑

原八幡神社の句碑

ている。表に昼寝塚と彫られ、裏に句が彫られている。手前に立つ木に墨で書かれた案内板には「ひるかおにひるねせうものとこのやま」と全部ひらがなで書かれているが、碑には「昼」と「床」は漢字で表記されている。案内板には「俳聖松尾芭蕉が中山道を往来する旅人が夏の暑い日にこの涼しい境内地で昼寝などしている。つかのまの休息をしている『床』と『鳥籠山（とこのやま）』をかけて詠われたものと思われます」と、この神社の境内地での作となっていた。表裏どちらも読みにくくなっているのは惜しまれる。

# 第三回　元禄二年（一六八九）句15〜19　一句一碑

冬〜三年新春、四十六歳。五句作成、一句一碑。

三月二十七日に『おくのほそ道』の旅に出かけ、八月二十一日頃、大垣に到着。九月に伊勢神宮の式年遷宮を拝し、伊賀、奈良を経て京都の落柿舎（らくししゃ）を訪れる。十二月末には去来の落柿舎から大津の尚白（しょうはく）、次いで乙州（おとくに）の家を初訪問し、木曽寺（義仲寺（ぎちゅうじ））、膳所（ぜぜ）の曲翠（きょくすい）の家を経て医師洒落（珍碩（ちんせき））の洒落堂（しゃらくどう）で越年した。十二月の末、芭蕉は初めて智月（ちげつ）を訪問した（句15）。このときの滞在以降、義仲寺無名庵が定宿になったと推定されている。

大津にて智月（ちげつ）といふ老尼（らうに）のすみかを尋ねて、己（おの）が音（ね）の少将とかや、老（おい）の後（のち）このあたり近く隠れ侍（はべ）りしといふを

## 15　少将の尼の咄（はなし）や志賀の雪

句意　昔、己が音の少将という名誉の女流歌人が老後を志賀の里に隠れて送っ

た。そんな昔話を、いま奇しくも同じ里で俳諧の風雅に遊ぶ老尼と語りあえるのは、まことに感慨深い。外は美しい雪景色だ。

**季語**　雪（冬）

「少将の尼」は、藤原信実の女、後堀河天皇の中宮に仕えた鎌倉時代の歌人。「志賀の里は、「少将の尼」が晩年に俗世間を逃れて静かに住んでいたとされている（あるいは、智月がそういう話をしたというのがこの句の主題）。「志賀」は狭い意味では大津市北部であるが、智月が住んでいた大津市松本のあたりを含めて言ったものと考えられる。句碑なし。

## 16　これや世の煤に染まらぬ古合子

**句意**　一見古ぼけてはいるが、誠意に包まれたこの古合子こそ、世塵に穢れぬ好もしいものなのだ。

**季語**　煤に染まらぬ（煤払ひ）（冬）

路通が九州へ行脚した頃に大坂で捨てた五器一具が、七年経た後、少しも壊れずに粟津に届いた話を聞いて詠んだ句という。「頭陀袋」は僧が教典や僧具などを入れて首から前に掛ける袋。「合子」は蓋と身が合う椀のこと。煤払いは十二月十三日に行われる行事。句碑なし。

## 17　霰せば網代の氷魚を煮て出さん

膳所草庵を人々訪ひけるに

**句意**　さあ皆の衆、近江名物の網代の氷魚を煮て振舞おう。こんな折に一霰さっと降ってくれたら、風流もひとしおなのだが。

**季語**　霰・網代の氷魚（冬）

膳所の義仲寺の草庵での作。『おくのほそ道』の旅を終えたあとの冬、近江の門人たちとの交流の様子がうかがえる。

**句碑「霰せ波　網代の氷魚を　煮天出さん」**

**大津市　南郷水産センター　大津市黒津四丁目四―一**

碑はセンターの前庭左側に平成四年（一九九二）大津市のふるさと創生事業で建立された。高さ百二十センチ、幅九十センチ。自然石で、青色である。創生事業お揃いの説明碑には「『氷魚』とは鮎の稚魚のことで、琵琶湖や田上の特産とされていました。『網代』は、川の流れを横切って、杭を並べ、その間に竹や木を編んで魚を獲るもので、このあたりの『田上網代』は特に有名でした」とある。義仲寺で詠んだ句であるが、このセンターが田上の地区にあり、内容が田上にふさわしいので、この地に建てられたようである。この年五基建立されているが、ふさわしい場所に建てようと努力しておられる跡がうかがえる。

## 18

### 何(なに)にこの師走(しはす)の市(いち)にゆく烏(からす)

**句意**　この寒空を烏が市の方へと飛んでゆく。何を好んで、ごった返す師走の市なぞへ行くのか。

**季語**　師走（冬）

「何にこの」に「五文字の意気込み」が感じられる。軽い切れ字があると思われることから、「烏」にかかり、「烏」には芭蕉自身が重ねられているのではないかとも推測される。句碑なし。

南郷水産センターの句碑

元禄三、元旦

都近きあたりに年を迎へて

## 19 薦を着て誰人います花の春

**句意** 花やかな新春の都にも、ひょっとして誰か尊い聖が、薦を着た乞食姿に身を窶して世を欺いているかも知れぬと、深く心をひかれることだ。

**季語** 花の春（春）

芭蕉が愛読した『撰集抄』に掲載される、乞食に身をやつした高僧の逸話をふまえての作と知られる。「薦」はマコモやわらで織った筵のこと。めでたい歳旦句（新年の第一日に、祝賀の俳句を作ること）に乞食を詠んだことが、京の他派俳人から問題視され、この句のテーマと同様、平凡で特別賢くもない人の眼には物事の本質が見えないとされる句でもある。『撰集抄』は鎌倉時代の仏教説話集。西行作と伝えられてきたが、著者未詳。文永年間（一二六四～一二七五）頃までに成立。神仏の霊験、高僧の法徳・発心談など百余話を収める。句碑なし。

# 第四回　元禄三年（一六九〇）句20～49　七句十五碑

春～秋、四十七歳、三月中下旬頃伊賀より膳所へ出て、九月末まで近江で最も長い六ヶ月余り滞在。三十句作成、七句十五碑。

**【膳所（ぜぜ）】**

三月中下旬頃、浜田洒堂（しゃどう）（珍碩（ちんせき））、菅沼曲翠（きょくすい）と、「三吟歌仙」を行い、「軽み」（芭蕉が晩年に志向した、日常性の中に日常的なことばによる詩の創造の実現をめざす句体・句法・芸境のこと）の句風に成功する。この歌仙は『俳諧七部集』中の第四集『ひさご』の冒頭を飾る（近江関連句96）。

三月下旬頃再び洒堂の洒落堂（しゃらくどう）に遊び、湖辺の佳境と洒堂そのものから感じられるおもむき・味わいを讃えた俳文『洒落堂記』（245頁参照）を洒堂に与えた（句21）。

門人と琵琶湖に船を出し、行く春を惜しむ（句22）。四月一日、石山寺に参詣する（句24）。

**【国分（こくぶ）の幻住庵】**

曲翠が提供した幻住庵に四月六日から七月二十三日まで滞在。『幻住庵記』を著す（句25）。

【義仲寺無名庵】

八月十五日、膳所の門人が集まって、月見の俳席を持つ（句40）。

【堅田】

九月十三日、千那の本福寺に滞在。風邪で床につき、二十五日まで滞留（句45～47）。

## 20 草枕まことの華見しても来よ

路通がみちのくに赴くに

句意　遠いみちのくに旅寝して辛酸を嘗め、真に風雅の道にかなった花見でもして来るがよい。

季語　華見（春）

路通は蕉門の俳人。あてもなくさまよい歩く乞食行脚生活をしており、貞享二年（一六八五）頃に入門。『おくのほそ道』には最初、彼が同行する予定であったが、直前になって取りやめ、曽良に変更されたとの説もある。『おくのほそ道』の時、敦賀に出迎え、畿内の旅に伴をした。義仲寺の庵で、共に年を越し、膳所の某家の茶入れ紛失事件を起こし、膳所に居られず、江戸へ下ったと推察されている。おごりたかぶって相手をあなどり勝手気ままにふるまう態度は、同門から反感を買った。期待を込めての句なのか、手きびしい表現の餞別句なのか、見解が分かれている。句碑なし。

## 21　四方より花吹き入れて鳰の波

洒落堂記（文略）

**句意**　琵琶湖の回りはいま、山も湖岸もみな花盛り。四方から吹き入れてくる花吹雪で、洒落堂から一望する湖面はまさに絢爛たる眺めである。

**季語**　花（春）

元禄三年（一六九〇）三月中下旬頃、膳所の洒堂（珍碩）邸、洒落堂に招かれての作。『洒落堂記』を贈った。洒堂は膳所の医師。元禄二年のころ入門（245頁参照）。

この句の碑は近江で一番多く、五碑ある。鳰の「波」が「湖」や「海」になっているものもある。偶然私が見つけたのが句碑⑤であるので、今回芭蕉が近江で詠んだ句四十七碑と近江関連句碑十二碑の五十九碑を紹介するが、それ以上に碑があるかもしれない。

**句碑①「四方よ利　花吹入天　に不の波」大津市御殿浜**

膳所公園から石山の方へ向かうと、右に琵琶湖中央病院が見える。その湖岸側に建っている。高さ二百四十センチ、幅百二十センチ、厚さ五十センチの自然石の堂々たる碑である。裏面に「芭蕉翁二百八十回忌記念　昭和四十八年四月吉日、有志一同建立」、左下に別枠で「正道刻」とある。前述の竹内将人著『芭蕉と大津』の八十頁に「地元大津並びに京阪神の有志俳人の協賛を得て、昭和四十八年四月十八日、芭蕉翁二百八十回忌記念に筆者が主唱し、旧おものの浦の湖岸に建立した。文字は芭蕉真筆の短冊を写真拡大したもの」とある。句が詠まれた場所といい、建てられている場所といい、誠にふさわしいところである。

御殿浜の句碑

## 句碑②「四方与り花　吹入天鳰の湖　芭蕉」白鬚神社

高島市鵜川二一五

白鬚神社は湖中に朱塗りの大鳥居があり、国道一六一号をはさんで社殿が鎮座する。祭神は猿田彦命。一九〇〇年の歴史を誇り、本殿は国の重要文化財。豊臣秀吉の遺命を受け、秀頼の寄進により慶長八年（一六〇三年）に建立。檜皮葺きで入母屋造り。桃山時代特有の建築で、片桐且元書の棟札も残されている。

白鬚神社の句碑

塩津神社裏山の句碑

塩津神社

境内の手水舎（ちょうずしゃ）横には、明星派の歌人である与謝野鉄幹・晶子夫婦が大正元年（一九一二）訪れた際に詠んだ歌を刻んだ歌碑「しらひげの　神のみまへに　わくいづみ　これをむすべば　ひとの清まる」（上の句は鉄幹、下の句は晶子）がある。大正七年（一九一八）京都延齢会が手水舎を再建、その記念として同年十二月に碑を建立した。揮毫（きごう）は鉄幹で、全国にある与謝野の歌碑の中で最も古い頃のものといわれる。

また、『源氏物語』の作者紫式部が、平安時代の長徳二年（九九六）、越前国司として赴任する父藤原為時に従って、この地を通った時に詠んだ「みおの海に　網引く民の　てまもなく　立ちゐにつけて　都恋しも」の歌碑が石段上の左にある。前書（まえがき）には「近江の海にて三尾が崎といふ所に網引くを見て」とある。昭和六十三年（一九八八）四月紫式部を顕彰し、当時の高島町観光協会が建立。

芭蕉の句は境内駐車場の本殿に向かって左側に円柱形

句碑に刻まれている。高さ百四十㌢、直径四十五㌢。最後の句は「鳰の湖」となっている。安政四年（一八五七）蕉門の人たちによって建立。裏面に「生春、松月、兼三、一甫、千里建立」と五名の名が彫られている。

塩津神社裏山付近　　塩津神社裏山句碑前から琵琶湖を見下ろす

## 句碑③「四方より　花ふきいれて　鳰の湖」
塩津神社　長浜市西浅井町塩津浜五四七

木之本ICを降りて、国道八号を北上し、トンネルを二つ越えて、六百㍍ほど行くと右手に塩津神社がある。今回紹介する句碑の中で、一番取材が難航した。一回目は神社右奥の上り口まで行ったが、雨も降ってきて、少しのぼったが、木が倒れ、きのこもびっしり生えていて、人が通っていないのが推測され、やむなくあきらめた。二回目は「近江の万葉集」の取材の時に深坂古道（塩津街道から福井県敦賀市へ抜ける古道。『万葉集』の歌人笠金村や紫式部が父に同行して越前へ行く際に通ったとして知られる道）を案内していただいた地元の歴史にくわしい中嶋守治氏が、同行してくださった。

平成六年（一九九四）に発行された乾憲雄（いぬいのりお）著『淡海（おうみ）の芭蕉句碑』上巻（サンライズ出版）には「神社の本殿の右側に案内板があって、歩き易いように階段が作られていた。幻住庵記の文のように、大きく三曲がりしていた。山頂は、そう高くないと聞いた。しかし、目の前に見えているが、なんせ上り坂である。滑りやすい所もあり、右と左への分岐点あたりから急坂となり、息づまる。僅か二十分足らずであった」と書かれている。

二十年以上経過しているので、案内板はなくなり、整備された道はくずれ、木々がじゃまをし、どけながら進まなければならない。道もはっきりしない。案内がなければとても辿（たど）りつけないところであった。取材のためにあえて実行したが、読者にはお勧めしない。二十分ほどで送電塔の下で少し広場になっているところに登りつく。高さ百十五センチ、幅九十センチ、厚さ三十センチの碑が琵琶湖に向かって建っている。前面に変体仮名で美しく草書体で表記され、碑の裏面には「富小路光禄太夫、藤原貞直卿筆、垂柳舎孤静建之　干時文政十有二歳己丑十一月」と乾氏の本にはあるが、現在は最初の「四方」がかろうじて読めるぐらいである。調べてみると、文政十二年は己丑で一八二九年である。こんな高所に江戸時代末期にどうして建てたのであろうかと疑問は残るが、琵琶湖を眺望するこの地にこの句碑はふさわしい感じはする。

湖を見下ろしながら、中嶋氏から説明を受けた。左下に見えるのが娑婆内湖（しゃばないこ）干拓地で、民間の事業で昭和十八年（一九四三）から干拓を始め、同三十八年（一九六三）に完成した。

完成した頃には米を作る必要性が少なくなっていたとか。現在は田畑として利用されていない。もったいない話である。

また、碑の前からは木がじゃまをして見えないが、右下に塩津浜干拓地がある。戦時中に多くの旧制中学生などの奉仕作業で干拓され、現在も米作に使われ、干拓碑も建立されている。塩津浜城は碑の後方の山を少し登ったところにあり、塩津に舟が入ってくるのを監視していたようだ。

塩津城は塩津浜城より北側の平地にあり、南北朝時代、塩津氏が城を築き、五代ほど続いたが、文治元年（一一八五）の地震で城が傷（いた）み、塩津氏は、現在の兵庫県たつの市へ。その後、熊谷氏が入って修復した。などと、塩津にまつわる興味のある話をしてくださり、さらに下山してから、関連箇所を案内していただいた。自分だけで句碑を見て歩くのとはまた違う観点からその土地を見られ楽しかった。

良晴寺の句碑

栗東市綣の句碑

**句碑④「四方与里(より)は奈吹入天(なふきいりて)　鳰乃海(にほのうみ)　芭蕉翁」**
**長浜市下坂浜町　良疇寺(りょうちゅうじ)**

琵琶湖のほとり良疇寺には、高さ二十八メートルの巨大なびわこ大仏がそびえ立つので、見逃しようがない。山門をくぐると、正面に本堂があり、その前庭に句碑がある。嘉永六年（一八五三）建立で、句は三行に彫られている。高さ百三十センチ、幅百六十センチ、厚さ十五センチ。この碑は「波」でなく「海」となっている。

**句碑⑤「四方より　花咲き入れて　鳰の波」栗東市綣(へそ)**

大宝コミュニティセンターに栗東市はつらつ教養大学の講師として招かれて、偶然発見した句碑である。今回取材できなかった句碑がまだあるのではと思わされた。『民誌　綣の歴史と文化』によると、「コミュニティー一号線　中山道から綣自治会館、大宝公民館前を通り、JR琵琶湖線に至る通称『新道』。（中略）この道路は、大宝神社への〝いざない〟の道でもあり、歩道には植樹の

地球儀モニュメント

コミュニティー１号線（新道）道路

他に、利用者の休憩や交流など憩いの広場が設けられ、ベンチと地球儀モニュメントも設けられている」とある。芭蕉の句碑が全部で十基あり、その内、二基が近江で詠んだものであり、もう一つが次の句24である。二句目は「花咲き入れて」、末句は「鳰の波」としている。

## 22

望湖水惜春

# 行く春を近江(あふみ)の人と惜しみける

**句意**　春光うららかに打ち霞む琵琶湖の湖上に、去りゆこうとする春の情緒がたゆとうている。この春を、自分はこの近江の国の人々とともに、心ゆくばかり惜しんだことである。

**季語**　行く春（春）

「近江の人」とは、近江を愛し近江の春を惜しんできた故人を含むすべての風雅人をさしている。そのすべての人たちと心を合わせて今年の春を見送るのである。スケールの大きさといい、直接は表されずその背後に感じられるあふれ出る気分といい、この句は私たち近江人の

義仲寺の句碑

心の琴線に触れる句である。句碑も句21の五碑についで四碑ある。

三月下旬、洒落堂に招かれて『洒落堂記』（245頁参照）をしたためた前後に、近江の門人たちと辛崎（唐崎）のほとりの湖上に舟を浮かべた。真蹟懐紙には「行く春や近江の人と惜しみける」と記しているが、『猿蓑』では「行く春を」となっている。芭蕉の推敲の跡がうかがえる。義仲寺の句碑は「を」の方をとっている。

栗東市綣の句碑

『猿蓑』は『俳諧七部集』第五集。蕉門の最高峰の句集であるとされる。元禄四年（一六九一）、向井去来と野沢凡兆が編集した。芭蕉は五、六月に京都に滞在し、『猿蓑』撰の監修をしている。書名は、芭蕉が詠んだ「初時雨猿も小蓑を欲しげなり」の句に由来する。

近江には、医者や商人、僧、武士など多彩な顔ぶれの門人がいた。筆や紙、ろうそくなどを提供し、日常の世話もした。その上、手狭だった無名庵の増改築までした。句56「人に家を買はせて我は年忘れ」と感謝して詠んでいる。人とは乙州をさす。亡骸を義仲寺にと言い残した芭蕉の心をとらえた近江の人々を誇らしく思う。

長浜市酢区会館の句碑

息障寺の句碑

**句碑①「行春を　安ふミ(あふみ)の人と　於しみ介流(おしみける)　芭蕉桃青」**

**大津市馬場　義仲寺**

受付の前に芭蕉の樹に囲まれて句碑がある（裏表紙参照）。真筆を拡大したもので、高さ九十チセン、幅七十チセン。裏には昭和三十七年五月十二日建之　芭蕉二百七十回忌記念。芭蕉本廟義仲寺同人会」と刻されている。この碑は最初の「行く春や」ではなく、推敲後の「行く春を」を採っている。次の碑もそうである。

**句碑②「行く春を　近江の人と　をしみける」栗東市綣**

句碑21⑤と同じく、コミュニティー一号線に並んでいる碑十基の一つに刻まれている。東に進んで行くと、左手に歩道があり、碑は歩道と道との間に建てられている。

**句碑③「行春を淡海の人とをしみけり　翁」**

**甲賀市　甲南町　息障寺(そくしょうじ)**

天台宗岩尾山息障寺という寺標を左に見て山道を登って行く

と、右手に「芭蕉翁旧跡」という角柱と木の枝からぶら下げられた「俳聖芭蕉句碑」の札がある。その下に幅四メートル、高さ二メートルほどの大きい岩がある。風化が激しいので読めない。『淡海の芭蕉句碑』上巻で乾憲雄氏が「彫り方も浅いのでよほど手と頭で読まないと読めない」とする。二十年余り経ているので、さらに風化もはげしく、判読できなかった。句は乾本からいただいた。

**句碑④「ゆく春を近江の　人と惜しミ　けり　者世越（はせを）」長浜市酢　酢区会館**

以前は姉川畔の橋北詰めの川原に建っていたが酢区会館の前庭に移転したそうだ。高さ百六十センチ、幅百五十センチ、厚さ三十センチ。この碑は「ゆく春を」と「けり」になっている。碑を建立するときは何を参考にするかによって、変わってくる。「けり」が初案で、推敲して「ける」にした。句碑③④は、初案を採用している。

## 23　独り尼藁屋（あまわらや）すげなし白躑躅（しろつつじ）

**句意**　藁葺（ぶ）きの小庵に独り住みの尼を訪ねると、男女の隔てをひどく気にして応対がよそよそしい。白けた気持で庭先の白躑躅を眺めると、その花の白さがまた、なんともあじけなく目に映る。

季語　白躑躅（春）

「すげなし」を庵主のよそよそしさも含めた悪印象の表現ととるか、むしろその質朴さをよしとしているととるか、二解釈がある歌である。句碑なし。

## 24

勢田に泊りて、暁石山寺に詣で、かの源氏の間を見て

# 曙はまだ紫にほととぎす

句意　明けようとして明け離れず、雲もまだ紫色を帯びている曙の空を、時鳥が鳴き過ぎる。

季語　ほととぎす（夏）

四月一日早朝に石山寺に参詣して、紫式部が『源氏物語』を執筆したと伝わる「源氏の間」を見て、折からほととぎすの声を聞いたので、最初に「曙やまだ朔日にほととぎす」と詠み、後に改作した。

石山寺の句碑

**句碑「曙はまだ　むらさきに　ほととぎす」大津市石山寺　石山寺**

本堂から右へ曲がり多宝塔に向かう途中左側に、高さ百三十六チセン、直径三十八チセンの円

柱形の碑がある。柵越しによく見ると、前書「勢田に泊りて〜」も刻まれている。碑の字は桜井梅室が天保年間（一八三〇〜一八四四）に書いて、嘉永二年（一八四九）に信州筑摩郡の人が建立した。桜井梅室（一七六九〜一八五二）は江戸後期の俳人で、加賀金沢生まれ。俳諧を高桑闌更等に学び、能書家でもあるので、全国に彼の手になる碑がある。県内では国分の幻住庵、高宮神社（彦根市）、常明寺（甲賀市土山町）の碑もそうである。

## 25

石山の奥幻住庵に入りて

**まづ頼む椎の木もあり夏木立**

**句意**　長い漂泊の末にしばしの安住を求めてこの山庵に入ってみると、傍らの夏木立の中に大きな椎の木もあり、身を寄せ心を安んずるにまことに頼もしく、まず何はともあれ、ほっとする心地だ。

**季語**　夏木立（夏）

『幻住庵記』の終わりを飾る一句として名高い。『幻住庵記』（234頁参照）と一緒に解釈することが望ましい句である。

国分の幻住庵の句碑

**句碑①「先たのむ　椎の樹も　あ里(り)　夏木立　梅室拝書」　大津市国分　幻住庵**

国分の幻住庵跡に建ち、天保十四年（一八四三）閏九月十五日、国分泉福寺（193頁参照）住職太田恵性(えじょう)和尚が芭蕉の百五十回忌に建立した。高さ八十チセン、幅六十チセン。筆者は句24と同じく桜井梅室で「梅室拝書」と句の右下に刻され、芭蕉の名は彫られていない。同日ここで追悼俳諧が興行された。

妙楽寺の句碑

**句碑②「先堂(た)のむ　椎の木も有　夏こだち」　妙楽寺　高島市野田七一五**

県道五五八号の鴨の信号を西に入り、二キロほど道なりに進むと右手に大雄山妙楽寺がある。寺前に駐車場がある。山門を入ってすぐ右に碑がある。高さ七十五チセン、幅六十チセン、厚さ三十チセン。年代未詳。

## 26　夏草に富貴(ふうき)を飾れ蛇(へび)の衣(きぬ)

句意　ただ茫々(ぼうぼう)と風情もなく茂る夏草の中で目にとまれば、取るに足らぬ蛇の抜殻（ぬけがら）も、存外豪華な飾りに見えるかも知れぬ。蛇よ、殻を脱ぎ捨てよ。

**季語**　夏草・蛇の衣（夏）

幻住庵に滞在していたとき、洒堂宛の書簡に記載されている。出来がよくないので他にもらさないよう洒堂に釘を刺している。次の句も同じ。句碑なし。

## 27　夏草や我先達（われさきだ）ちて蛇狩らん

**句意**　夏草茫々の中に孤独に閑居する自分である。もし訪ねる人があればうれしく、喜んで先に立って蛇を狩りながら、草間（くさま）を分けて案内しよう。

**季語**　夏草（夏）

幻住庵に入った直後、草原で蛇の殻を見ての吟らしく、殺風景なので、これを飾りに見立てようという意とも夏草や蛇に対する憎らしさを皮肉調で言ったものとも解釈されるなど、句としての完成度に問題が残っている。四月十六日付の書簡に見える句で、不満ゆえに他言しないように釘を刺していることからもわかる。句碑なし。

## 28 夕にも朝にもつかず瓜の花

句意　夕とも朝ともつかず、夏の日盛りの中に咲く瓜の黄色な花は、どこか所在なげであわれだ。

季語　瓜の花（夏）

表面だけの意味でなく、「どちらつかずの我が身が顧みられることよ」との意味が込められているという説もある。句碑なし。

## 29 日の道や葵傾く五月雨

句意　降り続く五月雨で久しく太陽の影さえ見ぬ今日このごろ。庭先の葵の葉が傾く方角を見て、わずかに日の道を知るのみである。

季語　五月雨（夏）

「日の道」は太陽の通る道。黄道。「葵」は五月雨のころだから「立葵」と考えられる。

句碑なし。

## 30

### 橘(たちばな)やいつの野中の郭公(ほととぎす)

**句意**　橘の匂うあたりで時鳥(ほととぎす)を聞いていると、いつだったか、どこか広い野中で、今とまったく同じような気分で時鳥を聞いた記憶がふと蘇(よみがえ)る。時も場所も定かでないが、あの時、時鳥の声に感じた気分だけは、妙に鮮明に思い出に残っている。

**季語**　橘・郭公（夏）

「橘」と「郭公」の読み合わせと、橘の香から昔を偲ぶのは、和歌以来の伝統。その上で、この句には人の記憶に関するすべてのものに共通している心理が補われる。句碑なし。

## 31

### 螢見や船頭酔(よ)うておぼつかな

勢田(せた)の螢見(ほたるみ)

**句意**　瀬田の流れに螢舟を出し、みんなで盃を汲み交すうちに、船頭さんも振舞酒で掉(さお)さす手元足元もよろめき加減。なんとも危なっかしいこと。

**季語**　螢見（夏）

「おぼつかな」ははっきりしない、頼りなく不安だ。心もとない船頭のそぶりを句にしたところが、「蛍見」に興ずる人々の心境や賑わう場の空気をよく伝えている。句碑なし。

## 32 己が火を木々の螢や花の宿

句意　木々の枝に螢がとまって光を放つ花やかさ。あの螢たちは自分の光を木々の花として、花の宿に泊ったつもりなのかなあ。

季語　螢（夏）

「花の宿」は、花の咲いている家のことであるが、ここでは、蛍の光を花に見立て、蛍が光を放つ木々を「花の宿」と表現している。句碑なし。

## 33 わが宿は蚊の小さきを馳走かな

句意　何のおもてなしもできないが、拙宅の蚊は、刺しても痛くないくらい小さいのがせめてものご馳走です。

季語　蚊（夏）

「馳走」は食事を出すことに限らず、もてなすこと。俳諧らしいユーモア溢れる挨拶句。句碑なし。

## 34

無常迅速(むじょうじんそく)

**やがて死ぬけしきは見えず蟬(せみ)の声**

**句意**　間もなく死ぬ様子などみじんも見えず、蟬は根(こん)限り、ただひたすらに鳴きしきっている。

**季語**　蟬（夏）

前書の「無常迅速」は人の世の移り変わりがきわめて速いこと。人の死が早く来ること。すぐに死んでしまうのにその様子を見せることなくひたすらに鳴く蟬の声に「無常迅速」を見た句。句碑なし。

## 35

七夕(たなばた)に

**合歓(ねぶ)の木の葉越しも厭(いと)へ星の影**

**句意**　今宵は牽牛・織女(けんぎゅうしょくじょ)の女夫(めおと)星が、年にただ一度天の川を渡って睦言(むつごと)を交わす夜。この二星の稀な逢瀬（おうせ）を合歓の葉越しにでも覗（のぞ）き見して、せっかくの語らいを妨げてはなるまいよ。

**季語**　七夕（秋）

「合歓の木」に「眠る」の意味を持たせることが多く、「合歓」という漢語から男女の共寝をイメージさせる。句碑なし。

## 36

### 玉祭り今日（けふ）も焼場（やきば）の煙哉（かな）

木曾塚草庵、墓所（むしょ）近き心

**句意**　先祖を迎えるお盆だというのに、今日もまた死ぬ人があるのか。焼場には煙が立っている。

**季語**　玉祭り（秋）

「玉祭り」は旧暦七月十三日〜十六日の盂蘭盆（うらぼん）の期間に、先祖の霊を供養すること。人の世の無常を「具体的」「即物的」な現象を通じて表した句。句碑なし。

## 37

### 猪（ゐのしし）もともに吹かるる野分（のわき）かな

**句意**　回りの草木とともに、猛々しい猪までも烈しく吹きまくられている野分のものすごさ。

**季語**　野分（秋）

猪は日当たりのよい窪地の藪などにねぐらを作る習性を頭において、その寝床にもいたたまれず、吹かれることを詠んだ句。句碑なし。

洛の桑門雲竹、自らの像にやあらん、あなたの方に顔ふり向けたる法師を描きて、これに賛せよと申されければ、君は六十年余り、予は既に五十年に近し。ともに夢中にして、夢の形を現はす。これに加ふるに、また寝言を以てす

## 38

## こちら向け我もさびしき秋の暮

**句意**　寂しそうに顔を向うに背けた御坊よ、あなたも寂しかろうが私も寂しいのだ。ひとつこちらを向いて、寂しい老人同士慰めあいましょう。

**季語**　秋の暮（秋）

「幻住庵」を出る直前の句。「雲竹」は京の東寺の僧で書家。元禄三年（一六九〇）当時、芭蕉と交際があり、雲竹五十七歳、芭蕉四十七歳であった。「賛」は画面の中に書きそ

えた、その絵に関する詩句。「寝言」は夢の縁語で「賛」の句を卑下して言った。「呼びかけ」に親愛感、連帯感があり、寂しみとおかしみが混在した句といえる。句碑なし。

## 39 白髪抜く枕の下やきりぎりす

**句意** 寝そべって枕に頭をもたせ、柄鏡など覗きながら白髪を抜く静かな秋の夜長。床下に潜むこおろぎのかぼそく澄んだ声の哀切さが、心裡に動く老いの寂しさを増幅する。

**季語** きりぎりす（こおろぎ）（秋）

和歌に「白髪」は詠まれても「白髪抜く」は詠まれない。踏み込んで「抜く」といったところが俳諧である。老いの感慨と秋の深まる気配がしみじみと伝わってくる。句碑なし。

## 40 月見する座に美しき顔もなし

古寺翫月

**句意** 皎々と輝く名月に見惚れて、ふと我に帰り、一座の人々を見回すと美しい顔は一つもなく、どの顔もみな平凡に見えて、現実に引き戻される。

季語　月見（秋）

芭蕉が亡くなって二年後、元禄九年（一六九六）に刊行された『初蟬』では「名月や児立ち並ぶ堂の縁」という句がまず出来て、これが「名月や海に向へば七小町」と推敲され、さらに「明月や座に美しき顔もなし」とし、最終的にこの形になったという。推敲の跡を偲ばせる。句碑なし。

## 41

# 月代や膝に手を置く宵の宿

正秀亭、初会興行の時

句意　月が昇ろうとして東の空がほの白んできた宵の口。すでに座敷には行燈が点され、今や始まろうとする初会興行を前に、一座の客は皆膝に手を置き、いささか緊張した面持で威儀を正している。

季語　月代（秋）

「月代」は月が出ようとする頃東の空が白むのをいう。「宿」は蕉門の俳人水田正秀（228頁参照）。句碑なし。

## 42

# 桐の木に鶉鳴くなる塀の内

**句意** 高い塀の見越しに立派な桐の木が聳え、宏壮な奥の座敷のあたりから飼鶉の声が聞える。

**季語** 鶉（秋）

藤原俊成の「夕されば野べの秋風身にしみて鶉なくなり深草の里」（千載和歌集）を意識したもので、「桐の木」で「塀の内」と結んで俳諧の世界としたものと考えられる。当時、余裕のある風流な人々の間では鶉の飼育が流行っていた。句碑なし。

## 43

ある知識ののたまはく、「生禅大疵の基」とかや。いとありがたく覚えて

# 稲妻に悟らぬ人の貴さよ

**句意** 稲妻を見ては電光朝露の人生よなどと、すぐ悟り顔でいう者のいやらしさ。それより何も思わずに、無心でいる人のほうがよほど尊いのだ。

**季語** 稲妻（秋）

「知識」は高い徳を持った僧。「生禅」は生半可な禅で悟った気になることをたしなめる言葉。古い俳諧にとどまる人々への不満と、茶入れ紛失事件の路通らに対する憤りが

込められた句と察せられる。句碑なし。

## 44　草の戸を知れや穂蓼に唐辛子

**句意**　庭に茂る赤い蓼の花穂と、赤く実る唐辛子と。それが私の住む侘しい草庵の目印であることを知ってほしい。私を訪ねておいでの人々よ。

**季語**　穂蓼・唐辛子（秋）

「蓼」は雑草の一種で辛みを持ち、薬味としても使われる。「穂蓼」は赤い穂が出た蓼。穂蓼と唐辛子で草庵の侘びた風情を表し、その生活や俳諧のありようを暗示した一句。句碑なし。

## 45　病雁の夜寒に落ちて旅寝哉

堅田にて

**句意**　夜空を渡る雁の列から、一羽だけ急に舞い落ちたあの雁は、夜寒に堪えきれなかった病気の雁なのか。思わぬ所で独り侘しく旅寝するものよ。

**季語**　雁・夜寒（秋）

「堅田にて」は九月十三から二十五日。ここで、風邪をひき十日ほど滞在している。二十六日付膳所の門人磯田昌房宛書簡に、昨夜堅田より帰庵のこと、堅田で風邪を患ったことや、病雁の句等を記している。「堅田の落雁」や病気が背景になり、句を残したと思われる。「夜寒」は晩秋に感じる夜の寒さ。「落ちて」は地上に降りて。

### 句碑「病雁の　夜寒尓落て　旅寝哉」　大津市本堅田　本福寺

本堂の左前の「芭蕉の句碑」の右矢印の案内板に従って、まっすぐ進んで右手の奥、本堂裏手の庭の一隅に三翁碑がある。高さ百二十センチ、幅五十五センチ。その右に病雁の碑がある。高さ百五センチ、幅百四十センチ。三翁とは芭蕉・千那・角上翁をさす。本福寺住職千那の次の住職角上が、寛保三年（一七四三）芭蕉五十回忌に境内に句碑を建立したが、句の一部が違っていたので、改めて彫って三翁の碑とした。右側の病雁の碑は裏に「芭蕉翁二百七十年忌　本福寺二十世三上明暢建之」とあり、昭和三十八年（一九六三）十一月に新しく建立された。なぜ三翁碑がここにあるのかと不思議に思っていたが、納得がいった。石に彫ったものが間違っていると、訂正する

本福寺の句碑

のは大変だということだ。

## 46　海士の屋は小海老にまじるいとど哉

　　句意　湖畔の漁家では、土間に置いた平笊の中で獲りたての小海老がぴちぴち飛び跳ね、そこへいとどが飛びこんで一緒に跳ね回っているよ。

　　季語　いとど（秋）

「海士」は漁師。前の句「病雁の」と一緒に並んで収録されている。『去来抄』によれば、芭蕉はこの二句のいずれかを『猿蓑』に入れるように、撰者の去来と凡兆に指示したが、二人の意見が対立して二句とも入れたことが記されている。これまでの詩歌にはない庶民生活の一情景をとらえ、蕉風の新たな方向を示唆する一句。「いとど」は昆虫カマドウマの別名。羽根がないので鳴かない。江戸時代、コオロギの一種とみなされた。

**句碑「海士農　屋盤小えひ耳　まし流　いと〻可那」　大津市本堅田　漁業会館前**

「かたたの浦に草枕して　はせを」に続いて、見事な草書体で句が刻まれている。「小海老」は「小えひ」、「まじる」は「まし流」、「いとど」は「いと、」と濁点抜きで表示されている。達筆すぎてわかりにくい。碑裏に「昭和六十年（一九八五）九月二十三日芭蕉来津三百年記念」とある。貞享二年（一六八五）芭蕉四十二歳、二回目の訪問で堅田を訪れている。

## 47 朝茶飲む僧静なり菊の花

堅田 祥瑞寺（しょうずいじ）にて

句意　冴（さ）えた秋の早暁、勤行（ごんぎょう）を終えたらしい僧が方丈（ほうじょう）にくつろいで、静かに朝茶を飲んでいる。掃き清められた庭前の菊の花がさわやかに目にしみる。

季語　菊の花（秋）

「朝茶」は禅宗で早朝、勤行の後抹茶を喫するのをいう。いかにも禅宗にふさわしい情景であり、禅僧のしずかでおだやかな風格も浮かび上がってくる句。

漁業会館前の句碑

**句碑「朝茶飲む　僧静可奈（かな）り　菊乃（の）花」**　大津市本堅田　祥瑞寺

一休宗純の境涯にひかれて訪れた芭蕉は、禅寺独特の凛とした趣を感じたのであろうか。本堂の左手、苔の庭・飛び石・竹垣などが配され、木漏れ日の中に、平成四年（一九九二）四月に大津市のふるさと創生事業で建設された碑と説明碑が見られる。高さ百二十チセン、幅八十チセン。句の通り、静かに落ち着く境内である。

粟津に日数経る間に、茶の湯に好ける人あり。一浜の菊を摘ませて振舞ひければ

## 48

**蝶も来て酢を吸ふ菊の鱠哉**

**句意**　菊の芳香が宿るこの風味豊かな酢和には、蝶も飛んで来て酢を吸うことだろう。

**季語**　菊（秋）

「菊の鱠」は、菊の花をゆでて甘酢で和えた酢の物。菊を味覚の面からとらえたもの。句碑なし。

祥瑞寺の句碑

## 49

**雁聞きに京の秋に赴かん**

**句意**　さあそれでは、雁の声でも聞きに、秋の京都まで行ってくるとしますか。

**季語**　雁（秋）

義仲寺滞在中の九月二十七日、一時上京する旨を伝えた書簡に見える句。句碑なし。

# 第五回　元禄三年（一六九〇）句50～59　四句七碑

十二月から一月上旬、四十八歳。伊賀へ帰っていた芭蕉は十二月京より大津の石場肥前町の乙州（おとくに）の新宅で越年（句56・57）。江戸に下る乙州の送別句会（句59）を催す。十句作成、四句七碑。

## 50　石山の石にたばしる霰哉（あられかな）

句意　白い霰の玉が、石山の堅い岩肌に烈しく降り当ってバラバラ勢いよく跳（は）ね散る。

季語　霰（冬）

「石山」は近江の石山寺。西国三十三所十三番札所の古刹（こさつ）。芭蕉も何回か訪れている。またその庭の石が白いことは古くから有名。「たばしる」は激しく飛散する。白を強調した石山と霰の組み合わせが新鮮で、印象鮮明である。

## 句碑「石山能 石尓多波志留 霰可奈」大津市石山寺 石山貝塚横

石山寺の駐車場から山門の方向へ進むと、左手の植え込みの中に平成四年（一九九二）四月の大津市ふるさと創生事業による碑が立っている。高さ百センチ、幅九十センチ。他の碑と同じく説明碑もある。『おくのほそ道』の石川県小松市の那谷寺で詠んだ「石山の石より白し秋の風」を連想させる。説明には「石山寺の名の由来でもある幾重にもなった巨大な硅灰岩の上に、白く固いあられが激しく降り注いで、たちまちあたりへと飛び散って行きます。その光景からは、石とあられがぶつかり合うときの硬くリズミカルな響きが聞こえてくるようです」とある。「大津市指定史跡　石山貝塚」の手前に建っている。また、JR石山駅前には芭蕉像が見られる。

石山寺貝塚横の句碑

## 51 ひごろ憎き烏も雪の朝哉

句意　鳴き声のやかましさに、日頃は憎く思っている烏も、雪の朝、真白い樹々の枝に黒く点々と止まっているのを見ると、なかなか風情がある。

季語　雪（冬）

鳴き声のやかましさに日頃は憎く思っている烏も、雪の朝真白い樹の枝に黒い烏が止まっているのは風情があるとしている。句碑なし。

## 52

大津にて

### 三尺の山も嵐の木の葉哉

句意　どこもかしこも烈しい寒風が吹き過ぎて行く中で、取るに足らぬ小さな小山までもともに吹き荒れ、小山全体が飛乱する木の葉で騒然としているよ。

季語　木の葉（冬）

「三尺」は九十一チセン。古来「三尺の山」が難解とされる。小山を強調した表現か、「も」の語により、上空や大きな山にも嵐が吹きすさぶさまを思う表現か。句碑なし。

## 53

### 比良三上雪さしわたせ鷺の橋

**句意**　琵琶湖はいま、西に聳える比良山も東に望む三上山も雪に覆われ、真白な雪景色の中にある。湖上に群れ飛ぶ白鷺よ。純白の翼を並べ、七夕の鵲の橋のように、二つの山の間に雪の橋を架け渡せ。

**季語**　雪（冬）

「比良」は琵琶湖西岸、比叡のさらに北にある山系で、「比良の暮雪」も近江八景の一つ。「三上」は琵琶湖東南岸、野洲市にあり、その姿が富士山に似ているので「近江富士」とも呼ばれている。「鷺の橋」は「鵲の橋」を捩ったもの。「鵲の橋」とは、七夕の夜に、牽牛星と織女星とが出逢う時、鵲が翼を並べて天の河を渡すという想像上の橋。芭蕉がこの句を詠んだ背景には、大伴家持の「かささぎの渡せる橋におく霜の白きを見れば夜ぞ更けにける」や西行の「篠原や三上の嶽を見渡せば一夜の程に雪ぞつもれる」のイメージが働いていたと考えられる。近江八景でも有名な湖西比良の雪は春遅くまで山頂にひときわ鮮やかに残る。比良が雪をかぶると湖南地方もやがて雪景色になる。そんな近江の自然の実情も考慮にいれるべきだろう。

堅田浮御堂の句碑（右奥に対岸の三上山）

**句碑①「比良三上雪指（さ）し　わ多世（たせ）鷺の橋　者世越（はせを）」大津市本堅田（かたた）　浮御堂（うきみどう）**

昭和三十八年（一九六三）十月の芭蕉二百七十年忌の記念の碑で、琵琶湖大橋架橋中でその完成を祝う意味もあった。高さ百二十センチ、幅六十センチ。芭蕉会館（180頁参照）前の句碑57②「大津絵乃（の）」と同じく、当時滋賀県知事であった芭蕉道統十九世谷口如水の筆跡である。左に浮御堂、右遥か後方に三上山が見える絶景の場所に建っている。

**句碑②「比良三上雪　佐之和多世（さしわたせ）　鷺の橋」願成就寺（がんじょうじゅじ）　近江八幡市小船木町**

県道二号の中村の信号を北上し、八百メートル余り行くと小幡の信号がある。西に曲がり、四百五十メートルほどで、駐車場がある。石段を上ると右手に見える。境内地には「松尾芭蕉の句碑」が三基建てられている。この寺は、芭蕉とは直接縁はないが、古くから句会が継承されており、二百回忌にはこの碑、三百回忌は句碑94②「五月雨尓（に）」と芭蕉を偲ぶ名句がそれぞれに刻まれている。二百年忌の句碑は高さ百二十センチ、幅百五センチ、厚さ二十五センチ。明治二十六年（一八九三）十二月二十八日に芭蕉道統十四世魯人が建立。十二、三個の石に囲まれて、ついたてのように建っている。

願成就寺の句碑

応ニズ定光阿闍利之覓一

あなたふと、あなたふと。笠も貴し、簑も貴し。いかなる人か語り伝へ、いづれの人か写しとどめて、千歳の幻、今ここに現ず。その形あるときは、魂またここにあらん。簑も貴し、笠も貴し

## 54

# たふとさや雪降らぬ日も蓑と笠

句意　雪の降る日も降らぬ日も、破れ蓑に破れ笠の乞食姿で放浪している老いた小町の姿は、まことに枯淡の極致ともいうべく、崇高でさえある。

季語　雪（冬）

園城寺（三井寺）の僧の求めに応じた画賛句で、謡曲「卒塔婆小町」に「破れ蓑、破れ笠、（略）今は路頭にさそらひ、往来の人に物を乞ふ」とあるような、年をとってむなしく生きながらえる姿をさらした小町伝説を背景とする。句碑なし。

## 55

# かくれけり師走の海のかいつぶり

句意　湖上に浮かんでいたかいつぶりが、突然ふいと水に潜って姿を消してし

まった。あとはただ、師走の湖水が寒々と静まっている。

季語　かいつぶり・師走（冬）

「海」は淡水湖も表し、琵琶湖の別称は「鳰（にお）の海」。「かいつぶり」は水鳥の一種で鳰。水中の獲物を獲る時、一瞬すばやく水に潜り、思いがけないところに姿を見せる。

**句碑「か久（く）れ介（け）り　師走の海の　か以（い）つふり　者世越（はせを）」草津市矢橋（やばせ）　帰帆島（きはんとう）**

「近江八景」の一つ「矢橋の帰帆」から命名した矢橋の帰帆島に入り、湖岸道路を一キロほど北上した左側に駐車場がある。トイレの横に湖に向かって碑が建っている。高さ百二十二（センチ）、幅八十二（センチ）、厚さ三十五（センチ）。説明板には「世間の人々があわただしく働いている師走に、世間を離れた自分は師走の湖に浮かんでいるかいつぶりを眺めている。そのかいつぶりは、急に水の中に潜（もぐ）ってかくれてしまった。かいつぶりも師走のことで何かと忙しいのかな。【無心の鳥に師走の気分を見いだしたところにこの句の面白みがあり、静かな自然とあわただしい人間世界とを対照的にとらえている余情がある】」とあり、芭蕉についてもくわしく説明されている。それには「近江をこよなく愛した芭蕉は、東洋的な詩美（しび）を生活の中に見出す蕉風を確立し、俳聖と崇（あが）められている」とある。碑の説明板の中でも内容的に詳しく書かれていると思った。碑裏に「一葉集（いちようしゅう）　芭蕉作品集より　平成六年三月　草津市教育委員会」と説明文はどこから引用したかも彫ってあり実にゆきとどいていた。碑の前の琵琶湖にかいつぶりが遊んでいた。「絵になるなあ」と、しばしたそがれ時の景色を楽しんだ。

註：『一葉集』は「俳諧一葉集」仏兮・湖中編。文政十年（一八二七）八月刊。芭蕉の作品を、発句・付句（連句）・紀行・文・消息・句合評・遺語に分類し集大成したもので芭蕉全集の最初。

矢橋帰帆島の句碑

## 56

乙州が新宅にて

**句意**　人に家を買わせておいて、自分はその新宅でのうのうと一年中の苦労を忘れようという。まことに結構なご身分であるわい。

**季語**　年忘れ（冬）

門人の乙州が新宅に招いてくれたことを「人に買はせて」と表現したところに面白みのある句。自分の立場からはわざわざ買わせたように見えることに興じている。深い親愛の情と、相手の厚意に信頼して身をまかせている。句碑なし。

三日口を閉ぢて、題二ス正月四日一ニ

# 57 大津絵の筆のはじめは何仏(なにぼとけ)

**句意**　大津絵には様々な仏が描かれるが、正月の筆始めに、画工たちは何仏を描くのだろう。

**季語**　筆のはじめ（春）

この句は、元禄四年（一六九一）の正月を大津で迎えての作。「三日口を閉(とぢ)て、正月四日に題す」との前書(まえがき)は、俳諧師にとって恒例のものである年の初めの句を詠まず、正月三が日は何も句を作ることなく、四日になって初めてこの句を吟じたと解される。大津絵は土俗的な色彩で阿弥陀像や不動明像などを描いたものが含まれている。句56「人に家を」（註：人とは乙州のこと）と同様に大津の乙州宅で詠んだので、土地に対する挨拶の意味を込めたと考えられる。

**句碑①「大津繪の　筆能(の)　者(は)じめ吾(は)　何佛　者世越(はせを)」**
**大津市園城寺町　圓満院**

境内の欅(けやき)の古木の左手に碑がある。四行に彫られて

圓満院の句碑

いて、句の下方に大津絵の鬼の画が刻されている。昭和四十六年（一九七一）に大津絵美術館が開館した記念に建てられた。鬼の画は「松山」とあり、大津絵師の高橋松山（しょうざん）氏のこと。境内入ったところの右手に句65「三井寺の」の碑もある。

**句碑②「大津絵乃（の）筆の　者（は）し免（め）盤（は）何佛　谷口如水書」　大津市秋葉台　芭蕉会館前**

昭和三十九年（一九六四）十一月の芭蕉会館竣工の頃、当時の国鉄大津駅前が整備された。それまで、駅前に建ててあった「鬼の寒念仏（かんねんぶつ）」像が撤去されることになった。像の作者に頼んで芭蕉会館がもらい受け、句碑と並び建てるようにした。関係者の気働きで残ったのである。鬼の像と並び建てるように、当時の県知事で、芭蕉道統十九世谷口如水が旧大津城の橋柱に揮毫（きごう）した。この句に鬼の像は何とふさわしいことか。「如水」とはっきり読めるので、芭蕉の句ではないと勘違いする向きもあるかと思う。浮御堂の句碑53①「比良三上」も如水氏の手になる。鬼の像・旧大津城の橋柱・旧膳所（ぜぜ）城の二重櫓とも、残してくださったことを感謝したい。

芭蕉会館前の「鬼の寒念仏」像と句碑

**句碑③「大津繪の筆の　始盤(は)何佛　者(は)世(せ)越(を)」**

**大津市大谷町　月心寺**

句碑は「走井居(はしりいきょ)」の庭に下り、左上に見える茶室の庭にある。「明治十六年無名庵主、西村乍昔(きせき)」とあり。芭蕉道統十三世西村乍昔である。奥まったところにひっそりと建っている。高さ百センチ、幅八十センチ。折から開いていた茶室からゆっくり眺めることが出来、ひととき心なぐさめられた（171頁参照）。

月心寺の句碑

## 58

## 木曾の情(じゃう)雪や生(は)えぬく春の草

**句意**　木曾義仲(きそよしなか)の剛強な気情の現れか。春草は墓の周りに消え残る雪を凌(しの)いで早くも芽ぶいている。

**季語**　春の草（春）

「木曾の情」は木曽義仲の心情、木曽塚の風情、木曽路の風土など。元禄二年（一六八九）八月十四日、『おくのほそ道』の旅の道すがら、敦賀で「義仲の寝覚めの山か月悲し」の句を詠んでいる。義仲寺の義仲の墓の横に芭蕉は眠っている。句碑なし。

## 59

餞ス二乙州ガ東武ノ行ニ

# 梅若菜丸子の宿のとろろ汁

**句意**　東海道の旅の道々には梅が咲き、若菜も青々と萌えて、丸子の宿では名物のとろろ汁が食べられることであろう。

**季語**　梅・若菜（春）

「餞」は乙州が江戸へ向かう餞別として詠んだ句。「東武」は江戸のこと。「丸子の宿」は東海道の鞠子宿、とろろ汁で知られる。伝統的な和歌の題「梅」「若菜」を「とろろ汁」という俗語で受けた。そこに俳諧の味わいがわかる。早春の景物を軽妙なリズムに載せて、楽しみ多き旅であれと祈る温かい真情をこめている。句碑なし。

# 第六回　元禄四年（一六九一）句60～81　六句九碑

六月～九月、四十八歳、正秀らによって新築された義仲寺無名庵に滞在。二十二句作成、六句九碑。

【義仲寺無名庵】

八月十五日、無名庵で月見の俳席を催す。乙州・正秀・洒堂・丈草・支考・木節・智月・惟然などで、乙州は酒を、正秀は米を持参したという（句64）。一同興に乗じて湖水に船を浮かべ、千那・尚白を訪ねた。

【堅田】

八月十六日、湖上を船で堅田に向かい、成秀宅で遊ぶ。竹内成秀に『堅田十六夜の弁』（248章参照）を贈る（句66・67）。

【彦根・明照寺】

九月二十八日無名庵を出発、十月、江戸に向かう途中、彦根平田明照寺の李由を訪ねて一泊。（句80）（216頁参照）。美濃路を経て十月二十九日江戸に着いた。

初秋

## 60

### 初秋(はつあき)や畳みながらの蚊屋(かや)の夜着(よぎ)

**句意** 初秋を迎え、蚊屋は釣(つ)らずに畳んで寝たが、夜中はさすがに冷えて、畳んだ蚊屋をそのまま夜着の代りに引き寄せてかぶったことだ。

**季語** 初秋（秋）

「畳みながらの」は畳んであるままの。「夜着」は襟や袖をつけ厚く綿をいれて着物の形に作った掛け布団。薄手の蚊屋を厚手の夜着に見立てるところがユーモラスである。

句碑なし。

## 61

### 秋海棠西瓜(しうかいだうすいくわ)の色に咲きにけり

**句意** 西瓜の実の色によく似た、美しいピンク色の秋海棠の花。それが西瓜の色を先取りするかのように、西瓜の熟するより一足早く咲いていることよ。

**季語** 秋海棠・西瓜（秋）

「秋海棠」は庭などに栽培される多年草で、淡い紅の小花を咲かせ、俳諧独自の題材で寛永期（一六二四～一六四五）に中国から伝わったという。「西瓜」も同じ頃に琉球から薩摩に伝来。花と食物というある意味で異質なものを、色の類似から西瓜と結びつけた発想が独自。句碑なし。

## 62

庵に掛けんとて、句空が書かせける兼好の絵に

# 秋の色糠味噌壺もなかりけり

**句意**　兼好法師は「後世を思はん者は糂汰瓶一つも持つまじきことなり」と言ったが、この兼好像には糠味噌壺一つすら見えない。まさに秋の色のように透明清澄なその人の心境を象徴するような図だ。

**季語**　秋の色（秋）

句空（生不詳～正徳二年〈一七〇二〉）加賀蕉門の人。芭蕉が『おくのほそ道』で金沢滞在中に門人となった句空が金沢から義仲寺を訪ね、兼好の画像に賛を求めた。その場では書かず、翌日近くの旅宿にいた句空宛の書簡に、この句と次の句63「淋しさや」と記して意見を求めている。『徒然草』九十八段の「一言芳談抄」の言葉として、「後世を思はん者は、糂汰瓶は一つも持つまじきことなり」を踏まえた句。「糂汰瓶」はぬかみそ壺のこと。句碑なし。

## 63

# 淋しさや釘に掛けたるきりぎりす

**句意**　床の間の釘に兼好の画像が懸り、壁の隙間でこおろぎがかぼそい声であわれげに鳴き、この草庵はしみじみとした秋の寂しさにつつまれている。

**季語**　きりぎりす（秋）

芭蕉からの手紙を見て、さらに、次の日、再度義仲寺を訪ねた句空は句62「秋の色」を希望した。「きりぎりす」は平安和歌以来「こおろぎ」のことが多い。句碑なし。

## 64

十五夜

# 米くるる友を今宵の月の客

**句意**　米を恵んで下さる最上級のよき友を月見のお客に招いて、今宵私は仕合せいっぱいですわい。

**季語**　今宵の月（秋）

元禄四年（一六九一）八月十五日、義仲寺無名庵での作。当時芭蕉が心を許していた門人たちがつどった。「米くるる友」は『徒然草』百十七段の「よき友三つあり。一つには物くるる友」を踏まえている。閏八月十日付の水田正秀宛書簡で米二斗の礼を述べている。彼らは生活上の援助者でもあった。そのことをさらりと詠んで、嫌みがない。「米」をコメと読んだ方が即物的で本句にふさわしいという考えもある。句碑なし。

名月

## 65　三井寺の門敲かばや今日の月

**句意**　皎々たるこの名月に浮かれ出て三井寺まで押しかけ、月下の門を敲きたいものだ。

**季語**　今日の月（秋）

十五夜の三井寺は謡曲「三井寺」によって名高く、唐の詩人賈島が、「僧は推す月下の門」という自作の詩句について、「推す」を「敲く」とすべきかどうか思い迷ったすえ、韓愈に質問して、「敲」の字に改めたという故事から、文を練ることを「推敲」というのはここから出た。賈島の詩から引用したことは漢詩と俳諧、格式高い古代とくだけた当代と対応しているところに

圓満院の句碑

面白みがある。

**句碑① 「三井寺の門多々可者（たたかは）や　介（け）ふの月」 大津市園城寺町　圓満院**

境内入って右側に釣鐘があり、その後に建っている。高さ百四十センチ、幅五十センチ、厚さ三十センチで、四十センチの台石にのっている。芭蕉翁二百七十年忌記念の昭和三十八年（一九六三）十月十二日時雨忌（しぐれき）に建立された。

**句碑② 「三井寺の　門たたかばや　けふの月
元禄四年芭蕉　莫山かく」 大津市園城寺町　園城寺**

山門から石段を上り、本堂（金堂）の西側、水蓮の似合う小さな池のほとりに、「記念俳聖芭蕉翁三百年忌建立句碑　平成六年翁正忌　第百六十二代　三井長吏　俊明　碑寄進仰木住　庭師　倉田和一氏」と裏面に彫られた芭蕉と同じ伊賀上野で育った書家、榊莫山揮毫（さかきばくざんきごう）の碑がある。高さ九十センチ、幅二百センチ。仰木は大津の北の地名で、庭師の方が寄進されたことがわかる。

園城寺の句碑

## 66

堅田十六夜之弁（いざよひのべん）（文略）

### 鎖（じやう）明けて月さしいれよ浮御堂（うきみだう）

**句意**　澄みわたる十六夜の月が湖上に銀波を散らして素晴らしい夜景だ。寺僧よ、堅く錠を下ろした浮御堂（うきみどう）の扉を開けて、あの月光を堂内にさし入れよ。

**季語**　月（秋）

「鎖（じょう）」は「錠（じょう）」で鍵（かぎ）で開閉する装置。「浮御堂」は（158頁参照）。

**句碑「鎖安遣亭（あけて）　月さし入れ与（よ）　浮御堂　者世越（はせを）」**

句碑53①「比良三上（ひらみかみ）」の右隣に、同じく琵琶湖を背にして建っている。高さ九十三チセン、幅八十二チセン。寛政七年（一七九五）堅田社中が芭蕉没後百年記念に建立した。浮御堂と切っても切れない句であるので、ここにあるのが一番ふさわしい。後に湖・三上山、左に浮御堂が見え、まさに絶景である。

**大津市本堅田　浮御堂**

浮御堂の句碑

## 67 安々と出でていざよふ月の雲

**句意** 十六夜の月は出る時にいざようはずなのに、思いのほかにやすやすと出て、中天に昇ってから雲の中でいざようていることよ。

**季語** いざよふ月（秋）

義仲寺無名庵での十五夜の月見の宴の後、翌十六夜は堅田の竹内茂兵衛成秀亭（222頁参照）に行き、夜舟で月見をした時の句。詳しくは『堅田十六夜の弁』（248頁参照）の末尾に前の句66「鎖明けて」とこの句が並んでいる。「安々と」は極めて容易に、たやすく。「いざよふ」は躊躇する、ためらうこと。「いざよふ月」は陰暦十六夜の月で、出そうで出ない月。句碑なし。『堅田十六夜の弁』の記碑の末尾に句66・67は記されているが句碑と数えないこととする。

## 68 十六夜や海老煎るほどの宵の闇

**句意** 今夜から宵闇になるが、十六夜の宵闇は今亭主が振舞おうとしている海老の煮え上がるまでのごく僅かな時間だ。待つほどもなく月は昇ろう。

**季語** 十六夜（秋）

句66「鎖明けて」句67「安々と」とこの句が『笈日記』に「十六夜三句」として収められている。『堅田十六夜の弁』には記されていない。成秀亭での楽しげな様子が伝わってくる。句碑なし。

## 69

### 祖父親孫の栄えや柿蜜柑

兎苓が父の別墅懐かしくしつらひて、園中数株の木の実に富めるを

**句意**　庭園の柿や蜜柑が見事に実って、祖父・親・孫の三代にわたる繁栄ぶりを、ありありと目に見せてくれるようだ。

**季語**　柿・蜜柑（秋）

「別墅」は「別荘」のこと。兎苓の招きで、その父の別荘をたずね、兎苓一家の繁栄に対する挨拶として詠んだ句。「兎苓」は伝未詳。琵琶湖のほとり堅田に別荘があったのだろう。色づき熟れた柿と未熟の蜜柑が共に園中にあるところを、この一家の繁栄に思い寄せた発想である。句碑なし。

## 70 名月はふたつ過ぎても瀬田の月

**句意** 二月続けて名月の美を堪能した後でも、瀬田の月はなお美しく、飽かず賞するに足る。

**季語** 月（秋）

閏八月十八日、門人らと石山寺に詣で、瀬田川に舟を浮かべて月見をした時の作。「ふたつ」は、この年は八月が二回あり、中秋の名月も二度あった。句碑なし。

## 71 稲雀茶の木畠や逃げ処

**句意** 田圃に群れて稲をついばむ雀どもは、茶畠を格好の逃げ場と心得てか、追われるたびに一斉に飛んできて、決って茶の木の間に身を潜める。

**季語** 稲雀（秋）

真蹟懐紙には元禄四年（一六九一）中秋の名月を詠んだ句60「初秋や」、句65「三井寺の」、句72「鷹の目も」などと共に記される。義仲寺無名庵での作。舌切り雀のお宿は竹林だが、稲雀の逃げ場は茶畑と楽しんだのか、義仲寺近辺の田園風景らしく、観察眼とユーモアのセンスが感じられる。句碑なし。

## 72

### 鷹の目も今や暮れぬと鳴く鶉

**句意**　日が暮れかかり、鷹の恐ろしげな鋭い目も今はきかなくなって安堵したとでもいうふうに、草間のあちこちで鶉がふけり始めたよ。

**季語**　鶉（秋）

「鶉」は和歌・連歌において声の哀れ深さを詠まれてきた。鷹狩りの対象ともなる。目の付け所が面白く、俳諧の新たな境地が感じられる。句碑なし。

## 73

### 蕎麦も見てけなりがらせよ野良の萩

龍ケ岡　山姿亭

**句意**　野の美しい萩にだけ見とれずに、人々よ、当家の畠の蕎麦の花も見て、萩を羨ましがらせよ。

**季語**　蕎麦の花・萩（秋）

「龍ケ岡」は義仲寺の南方二百メートルの山際。「山姿」は龍ケ岡に住んでいる百姓、荘右衛門の号。「けなりがらせよ」は羨ましがらせよ。「野良」は野原。蕎麦の花に焦点を当て、百姓への賛意を示し、山姿への挨拶とする。

## 句碑「蕎麦も見て　け奈りがらせ与　野良乃萩」

大津市竜が丘　山の手団地入口公園

平成五年（一九九三）四月大津市が建立。高さ百十五チセン、幅百二十五チセン、平成四年に建立された他の碑と同じ体裁で説明碑がついている。国道一号竜ヶ丘（現在の表記）の信号から五百メートルほど上ると、山の手団地入口にバス停がある。その右角に、小さな公園がある。山姿亭の旧跡に句碑がある。何度か訪れているが、萩の花の咲く頃訪れたことがあって、風情が句に合うように配慮されていると感心したことがある。龍ヶ岡俳人墓地（179頁参照）は竜が丘信号から京都方面へ百メートル先なので、一緒に見られるとよい。

山の手団地入口公園の句碑

## 74

### 折々は酢になる菊の肴かな

句意　隠逸をもって賞せられる高雅な菊の花も、折々は酢和にされて酒の肴になることよ。

季語　菊（秋）

48「蝶（てふ）も来て」の句と同じく菊の花を酢の合えものにしている。句碑なし。

## 75　草の戸や日暮（ひぐ）れてくれし菊の酒

**句意**　今日の重陽（ちょうよう）の節供、世人は早朝に菊の酒を祝うのに、不如意な草庵に暮す自分は日も暮れるころ、人から酒を貰って祝うことであるよ。

**季語**　菊の酒（秋）

元禄四年（一六九一）九月九日、義仲寺無名庵での作。「菊の酒」は五節句の一つである九月九日の重陽（ちょうよう）の節句に、菊花を浮かべた酒を飲むと健康長寿が得られるといわれる。実際に酒を持ってきてくれた乙州に対する謝意を込め、「ひクれてクれし」と同音の反復に九を重ねた重陽の日を掛けた機転の即興で言葉遊びをした句。訪れた人への挨拶句。

**句碑①「草能（の）戸や　日暮れ天久連（てくれ）し　菊乃（の）酒」**

**大津市馬場　馬場児童公園横**

膳所駅からときめき坂を琵琶湖の方へ四百米（メートル）ほど下ると、義仲寺の近く、におの浜二丁目交差点の右手前の公園に、大津市の創生事業で平成四年（一九九二）に建てら

馬場児童公園横の句碑

れた碑がある。高さ百チセン、幅五十八チセン。説明に「門人との温かい心の交流が伝わってきます」とある。こういうことが重なって、芭蕉は自分の遺体を義仲寺の義仲の墓の隣に埋葬して欲しいと言い残したのであろう。義仲寺まで来られたら、見て帰ってほしい碑である。

## 句碑②「草の戸や日暮れてくれし菊の酒　元禄四年　重陽　芭蕉」栗東市岡三四九

国道一号大路三丁目の信号を東へ入る。旧東海道を進み、新幹線のガードをくぐって二五〇メートル行き、三叉路の右側角にある。この碑はすぐ側の酒屋さんが自分の敷地に膳所城の城門を移築され、その前に句碑を平成二十五年(二〇一三)四月に建立された。芭蕉の句の横に「田楽で芭蕉も飲んだ菊の水　沙弥　随縁」の句も刻まれている。

明治の廃藩置県で膳所城の建物は多く移築されている。この門は膳所藩領だった栗東市林の長徳寺へ最初移築されたが、門が新築されたことで不用になり、この地に来たということが、門の前に置いてあったパンフレットに記されていた。

移築された膳所城門

膳所城門前の句碑

さらに句碑については「岡地区の田楽茶屋に伝わったのが次の句で、芭蕉は田楽の酒『菊の水』で田楽料理に舌鼓を打ったらしい。吟客の随縁なる人物は、お坊さんらしいが詳しい人物像はわからない。岡地区に伝わる田楽料理（菜飯・田楽・菊の水）が永く伝承されることを念じてこの碑を建立したものである」と説明されている。草津の方で、堤防を散歩されている方が見つけられ、情報を入れてくださったので、このような思いで建立されたものだということがわかった。五十九碑目、最後の取材だった。

## 76

## 橋桁（はしげた）の忍（しのぶ）は月の名残り哉（かな）

**句意**　冷たく蒼白（あおじろ）い十三夜の月光が、橋桁に生え着く忍ぶ草を寂しく照らしている。この忍ぶ草は、今年の月の名残りを惜しむよすがであるよ。

**季語**　月の名残り（秋）

「橋桁」は瀬田の唐橋の橋脚の上に架け渡して橋板を支える材。「忍」は忍ぶ草で、シダ類の一種。古い木の幹や岩石の表面、古い家の軒端などに生える。昔を思いしのぶ意で句歌に詠まれる。「月の名残」は秋の月の最後の意で、陰暦九月十三夜の月のこと。後（のち）の月。この年は八月十四から十六日に月見の宴をして、前述のたくさんの句を詠んだ。句碑なし。

## 77

### 九(ここの)たび起きても月の七ツ哉

句意　寝覚めがちな秋の夜長。幾度も目覚めて、もう夜明けかと起き出してみると、月はまだ七ツ時分の様子で、夜明けにはだいぶ間があるようだ。

季語　月（秋）

「九たび」は数の多いことを示す。「七ツ」は午前四時頃。秋の夜の旅愁を感じながら、数字に興じた機知的な句。句碑なし。

## 78

### 煮麺(にうめん)の下焚(た)きたつる夜寒(よさむ)哉

句意　肌寒さのひとしお加わる晩秋の夜更け。亭主は夜食に煮麺を振舞おうと、囲炉裏(いろり)に掛けた鍋(なべ)の下に榾(ほだ)を加え、盛んに火を焚きたてる。

季語　夜寒（秋）

「煮麺」は素麺(そうめん)を茹で、味噌あるいは醤油で煮た麺。「夜寒」は初秋の夜の肌寒さを感じる頃をいう。句碑なし。

## 79

### 稲こきの姥もめでたし菊の花

**句意**　菊の花の匂う広い庭先で、老婆が達者で稲こきをしている。長寿のめでたさ。

**季語**　稲こき・菊の花（秋）

九月二十八日に義仲寺の無名庵を出てから、彦根の明照寺の門人李由宅（230頁参照）に入るまでの吟と見られる。芭蕉は一家が健康で熱心に働く姿の句をよく作っている。句碑なし。

## 80

### 百歳の気色を庭の落葉哉

元禄辛未十月、明照寺李由子ニ宿ス　当寺この平田に地を移されてより、已に百歳に及ぶとかや。御堂奉加の辞に曰く、「竹樹密に土石老いたり」と。誠に木立もの古りて殊勝に覚え侍りければ

**句意**　（元禄四年十月明照寺李由氏に宿る。この寺は、平田の地に移されてからすでに百年に及ぶということである。その移築の時の御堂建立の奉賀の趣意書に、『竹や木が生え茂り、土や石ものが古びている』とあるとおり、まことに木立もうっそうと茂り、立派

に思われたので）庭に深く降りうずんだ落葉が、百年という長い歳月を重ねたこの寺のもの古りた趣を、まさしく眼前に物語っているようである。

季語　落葉（冬）

「辛未」は元禄四年の干支。「御堂奉加の辞」は本堂などの建立のために寄金を募る趣意書。寺の風情を読み込んでの挨拶句。

**句碑「百歳能気色を庭乃落葉可奈者世越」彦根市平田町　明照寺**

山門前に芭蕉句碑が平成元年（一九八九）に建てられた。高さ百二十五センチ、幅四十センチ、厚さ二十五センチ。なぜ、平成元年なのかなと思ったら、裏面にていねいに彫られていて、白いペンキのようなものも流し込んであるので、よくわかった。「元禄四年（一六九一）十月明照寺を訪ずれ（ママ）た芭蕉は愛弟子李由よりこの庭の謂れをきゝて詠じた句である。時に芭蕉は四十八歳であり、李由は三十歳であった。奥の細道三百年を記念し建立す　平成元年十月　彦根史談会　細江　敏　俳号　砂童子」とある。その傍らに、「芭蕉翁　笠塚／李由　句碑」の石標も建つ（216頁参照）。

明照寺の句碑

## 81

# 尊がる涙や染めて散る紅葉

**句意**　この寺の尊さに思わず漏らす私の涙を紅く染めようとでもいうふうに、庭の紅葉がはらはらと散るよ。

**季語**　散る紅葉（冬）

「尊がる涙」はこの寺と阿弥陀仏の教えを尊いと感じて流す衆生の涙。他力本願の浄土真宗では尊る姿勢を尊いものとする。元禄四年（一六九一）九月二十九日に北村という農家に一泊した後、明照寺に着いた。その時のもの。

**句碑①「たふ登がる涙や　そ免て散る紅葉　者世越」**

**長浜市高月町高月　高月観音堂（大円寺）**

山門の手前の左側にある。高さ百九十センチ、幅百十センチ、厚さ五十センチ。碑の左前に柊の木が張り出して、下方が詠みにくくなっている。石の表面を額のように彫り込み、高さ百二十二センチ、幅五十三センチに、二行に彫られている。昭和二十七年（一九五二）八月旧高月町の人々が建立した。書は芭蕉道統十八世寺崎方堂氏の手になる。

高月観音堂（大円寺）の句碑

## 句碑②「たふとがる　涙やそめて　ちる紅葉」

大津市国分　幻住庵

駐車場の上「せせらぎの散策路」をのぼる。「谷の清水を汲みて」と『幻住庵記』の本文ある「とくとくの清水」に至る途中の坂の右側にある。碑の上には照明がつけられるようになっていて、下段に紅葉が左上に配されている。照明付もこの坂の碑だけである。他に句碑はあるが、近江で詠んだ句ではないので、本稿では省略する。

国分の幻住庵の句碑

第六回近江滞在後、元禄四年（一六九一）十月二十九日に江戸に戻る。翌年五月、新築された深川芭蕉庵に移る。近江の人々との交流は、次の五回ある他に、ひんぱんに書簡が交わされた。

①元禄五年八月九日、江戸勤番中の森川許六（彦根藩士・231頁参照）が入門する。
②同年八月二十三日頃、菅沼曲翠が訪問。
③同年九月上旬、浜田洒堂（しゃどう）（珍碩（ちんせき））が俳諧修業のために江戸に来て、翌元禄六年一月下旬まで芭蕉庵に寄寓する。
④同年十月三日、森川許六の江戸での住居（彦根藩邸内）で歌仙を巻く。
⑤元禄六年四月末、彦根に帰る許六に『許六離別の詞（柴門の辞）』を贈る。

# 第七回　元禄七年（一六九四）句なし

五十一歳。五月十七日〜二十一日まで乙州（おとくに）宅に一泊、曲翠（きょくすい）の家に四泊し、京都の落柿舎（らくししゃ）に向かう。

# 第八回　元禄七年（一六九四）句82～93　三句三碑

五十一歳。六月十五日から七月五日まで、義仲寺無名庵（ぎちゅうじむみょうあん）に最後の滞在。十一句作成、三句三碑。（あわせて末尾に底本で「元禄年間の作ではあるが年代未確定となっている句93を掲載する。）

【膳所・曲翠亭】六月十六日夜遊の宴が催される（句82）。
【　同　】六月中旬頃（句83）
【大津・木節庵】六月二十一日（句85）
【大津・本間主馬宅】六月中旬頃（句88～90）
【大津・木節庵】七月（句91）

## 82

曲水亭

夏の夜や崩れて明けし冷し物

句意　興宴に歓を尽して気がつくと、夏の短夜（みじかよ）は白々と明けて、涼しげに盛り付けてあった冷し物も今は形が崩れ、残骸のみ暑苦しく卓上に残っている。

**季語**　夏の夜（夏）

六月十六日夜、膳所（ぜぜ）の曲水（曲翠）の家で催された宴の翌朝の句。「冷し物」は果実・野菜・麵類などを冷やして盛った料理。崩れた冷し物が会の果てた徹夜明けの気分を示している。句碑なし。

## 83

曲翠（きょくすい）亭に遊ぶとて、「田家（でんか）」といへる題を置きて

### 飯（めし）あふぐ嬶（かか）が馳走（ちそう）や夕涼み

**句意**　嬶（かかあ）は炊きたての熱い飯を、渋団扇（しぶうちわ）であおいでさましている。乏しい食膳（しょくぜん）だが、野良（のら）から戻った亭主は、愛妻のそんな心遣いを何よりの馳走と、褌（ふんどし）ひとつで涼みながら飯を待っている。

**季語**　夕涼み（夏）

「飯あふぐ」は熱いご飯を団扇などであおいで冷やすさま。「嬶」は下層階級の主婦・妻をいう俗語。「曲翠亭」における題詠句で、庶民生活のほのぼのとした風景を詠んでいる。句碑なし。

## 84

### 皿鉢(さらばち)もほのかに闇(やみ)の宵(よひ)涼み

句意　夕食後、灯(ひ)もつけず端近に出て静かに涼んでいると、日はいつの間にかとっぷりと暮れて、膳の上に取り散らかされた皿鉢の白さだけが、宵闇の中にほのかに浮き出して見える。

季語　宵涼み（夏）

「皿鉢」は底の浅い鉢形の食器。皿と鉢があるともとれる。「闇の宵(よい)涼み」は日が暮れて暗い中での納涼。満月以降夜ごとに月の出が遅くなり、十八日以降は宵に月が出ないため暗い。句碑なし。

元禄七年六月二十一日、大津木節庵(ぼくせつあん)にて

## 85

### 秋近き心の寄るや四畳半

句意　もう秋も近く、どこか寂しさの忍び寄る気配に、四畳半の灯火(とうか)の下で膝(ひざ)を交えて語る互いの心は、次第にしんみりと寄り合ってゆく。

季語　秋近き（夏）

「木節」は大津の蕉門の一人。篤実な人柄の医師で芭蕉の信頼を得ていた〈225頁参照〉。この句の背景には、六月初めに深川芭蕉庵で寿貞（じゅてい）〈芭蕉が愛した唯一の女性〈256頁参照〉〉の他界の知らせがあったからとも考えられる。句碑なし。

## 86

納涼（だふりやう）二句

### さざ波や風の薫（かをり）の相拍子（あひびやうし）

**句意**　さらさらと湖岸を洗うさざ波の音が、さわやかに吹きわたる薫風と互いに拍子を取り合っている感じで、いかにものどかで涼しそうだ。

**季語**　風の薫〈夏〉

「さざ波」は琵琶湖の水面に立つ細かい波。「相拍子」は能楽で笛や鼓の拍子が合うこと。本句では「波」と「風」の拍子。能楽用語の「拍子」を使い、滞在した家の涼しさを賞した挨拶句。

**句碑「さゞ波や　風の薫りの　相拍子」大津市島の関　湖岸なぎさ公園（大津市民会館近く）**

大津市民会館横のなぎさ公園に、トイレがある。その湖側に建っている。碑の裏には「姉妹提携記念　大津　ライオンズクラブ　伊賀上野ライオンズクラブ　平成八年十月吉日」とある。芭蕉の生まれ故郷の伊賀上野市（現在は伊賀市）と埋葬された大津市が縁を結んだ記念だと読み取れる。句碑の向こう湖を隔てて三上山が望める。近江の句碑の中でも、堅田の浮御堂と並んで抜群の景色の句にふさわしい場所にある。句碑のあるなぎさ公園の近くに大津港があって、観光船ミシガンが出航してゆく。芭蕉のころとはちがう相拍子が聴こえてくる感じがする。

湖岸なぎさ公園の句碑

## 87

### 湖や暑さを惜しむ雲の峰

前句と同じ

句意　湖上はるかな雲の峰は、昼の炎暑を惜しむかのようにいつまでも崩れずに立っているが、湖は夕風がわたって、すっかり涼しくなった。

季語　暑さ・雲の峰（夏）

昼から夜へ移るころの、暑と涼が共存する琵琶湖をとらえたもの。「雲の峰」が「暑さを惜しむ」と擬人化することにより、湖の風景を雄大なイメージで詠んでいる。

### 句碑「湖や　暑佐を惜しむ　雲能峯」

大津市本丸町　膳所城跡公園

城門を入って左手の方に進む。湖岸近くに近江大橋を背景にして、平成五年（一九九三）四月に大津市が建てた。あたりに六つの石があり、おにぎり形の石に三行に刻まれている。右側の説明には「湖と雲が演出する雄大な景色が、目に浮かびます」とある。本当に素晴らしい場所に建てられたものだ。ただ、この公園にはたくさんの碑があるので、さがしにくい。

膳所城跡公園の句碑

## 88

本間氏主馬宅に遊びて

### ひらひらと挙ぐる扇や雲の峰

**句意**　太夫の仕舞に、手に白扇をひらひらと翻しつつ高く掲げるさまは、折から夏空に白く浮き立つ雲の峰のごとく高々と、健よかに見えることです。

**季語**　扇・雲の峰（夏）

大津市の宝生流の能役者本間主馬の家を訪問して能に不可欠な扇を取り上げ、その演技を褒めつつ、この家名も大空に高く立つ雲のように高いとした挨拶句。

**句碑「ひらく東（と） 挙ぐ留（る）扇や 雲能（の）みね」**
**大津市京町 天孫神社**

大津祭で有名な天孫神社の滋賀県庁側の歩道の外側の角に建てられている。主馬の家はこの近くにあったらしいので、芭蕉没後三百年にあたる平成六年（一九九四）三月に大津市が建てた。高さ九十五㌢、幅二百㌢。近江でここだけ扇面の形である。骨が九本ぐらいで両端に親骨があるのが扇面であるが、その三分の一開いている形である。句の意味をよく表現している洒落たデザインである。

天孫神社横の句碑

## 89 蓮（はす）の香（か）を目にかよはすや面（めん）の鼻

**句意** 貴殿はこの舞台で能を演ずる時は、お池のすばらしい蓮の香も自分の鼻で嗅（か）がずに、面の鼻を通して目で嗅ぐのですか。いやはや何とも面白い。

**季語** 蓮（夏）

「蓮の香」は蓮の花の香。「面の鼻」は能面の鼻の穴。演者が下を見る場合はここからのぞく。芭蕉が本間主馬（句88）から語られた芸談を踏まえて詠んだ句とされる。蓮の香りを鼻の穴で嗅ぐのでなく、見ると言ったところにおかしみがある。句碑なし。

## 90

### 稲妻や顔のところが薄の穂

本間主馬が宅に、骸骨どもの笛鼓を構えて能する処を画がきて、舞台の壁にかけたり。まことに生前の戯れ、などかこの遊びに異ならんや。かの髑髏を枕として終に夢うつつを分たざるも、ただこの生前を示さるるものなり

**句意**　（本間主馬の家の舞台には、骸骨たちが笛を吹き鼓を打って能を演ずるさまを描いた絵が掛けてある。人間生前の快楽もこの骸骨の遊びのようなものである。髑髏を枕にして寝た荘子の夢の話も、全く生前の世界のはかなさを示したものである）闇を裂いて稲妻がピカッと閃くと、次の瞬間には今まで姿美しく踊っていると見えた人間が骸骨と化し、顔のところが小野小町の髑髏のように薄の穂になっている。

**季語**　稲妻・薄の穂（秋）

「かの髑髏を枕として」は『荘子』至楽篇に「夢の中で、髑髏が人間の生前には煩わし

いことが多いが、死後の世界こそ無為自然で永遠至楽の境地である」と語ったという故事。「薄の穂」は、謡曲「通小町」で小野小町の骸骨が詠んだという「秋風の吹くにつけてもあなめあなめ小野とはいはじ薄生ひけり」の歌を踏まえる。句碑なし。

## 91 ひやひやと壁をふまへて昼寝哉（かな）

**句意** 壁に足の裏を持たせて仰向けに寝転び、ひんやりした感触を楽しみながらとろとろと眠りに落ちる、残暑のころの昼寝の快さ。

**季語** ひやひや（秋）

元禄七年（一六九四）七月、京から伊賀へ向かう途中、大津の木節庵での作。触覚により初秋の残暑気分をとらえた句。門人の家で昼寝をするほど、木節に気を許している。臨終の時芭蕉の体のことを一番よく知っているのは彼だと、大津から呼び寄せたほど、信頼関係があった。句碑なし。

## 92 道ほそし相撲取り草（すもとりぐさ）の花の露

**句意** 庭いっぱいに茂った相撲取草が、花穂に露をためて草道の左右から傾き、道は踏み入りがたいまでに細くなってしまっていることよ。

**季語**　相撲取草・露（秋）

江戸で過ごした後、再び芭蕉が義仲寺の無名庵に戻り、旧庵へ向かう道は、これがあの庵に続く道だったかと疑いたくなるほど様変わりしていた。目立たない花への着目が新鮮な句。句碑なし。

## 93　この宿(やど)は水鶏(くひな)も知らぬ扉(とぼそ)かな

**句意**　草深くひっそりと住みなすこの住まいは、人はもとより、湖辺の水鶏さえ気がつかぬ、世俗の喧騒(けんそう)を離れきった、まことに好ましい住まいである。

**季語**　水鶏（夏）

「水鶏(くいな)」は詩歌にとりあげられ、鳴く声を「たたく」といわれるのは夏鳥のヒクイナのこと（底本では「元禄元年もしくは、三、四年か七年の夏の作）。句碑なし。

# 最期　元禄七年（一六九四）義仲寺に埋葬

十月十二日旅先の大坂で亡くなる。十四日遺言により義仲寺に埋葬される。

元禄七年（一六九四）七月五日、芭蕉は無名庵を出て、京に行ったが、この日が大津の最後の見納めであった。同年七月中旬京の去来宅を出て、伊賀上野に帰り、九月八日まで約二ヶ月滞在した。最後の帰郷である。同年九月八日、伊賀上野を出発、大坂へ向かった。

九月九日大坂に着き、夕刻から頭痛、発熱、悪寒に悩み、二十一日にやっと小康を得た。九月二十九日、夜から腹痛気味で四、五回下痢した。日々悪化するので、周りが名医を迎えようとしたが、芭蕉は知らぬ医者に診せても駄目と言い、自分の体の様子は木節がよく知っているからと、大津へ使いを出した。十月三日には大津から門人木節が主治医としてかけつけ、付ききりで看病した。十月五日大坂の門人之道の家から病床を南御堂前の花屋の静かな座敷へ移した。芭蕉は最も信頼する木節の投薬を受けつつ、午後四時頃五十一歳の生涯を閉じた。

遺体は遺言により十月十二日夜、夜淀川の川舟に乗せて伏見まで運び、翌十三日、膳所の義仲寺に入る。遺体に従った者は、去来・其角・乙州・支考・丈草・惟然・正秀・木節・呑舟・二郎兵衛の十名（太字が近江の門人）。十月十四日深夜零時頃に木曽塚の右に並べて遺体を埋葬した。門人はじめ土地の人々八十人が焼香。会葬者は三百人に及んだ。芭蕉は自分の意志に寄って、敢えて近江を永住の故郷と定めたのである。これが、近江に対する真情の総決算であることに注目したい。

# 近江関連句94〜99　六句十三碑

六句作成、六句十三碑（うち大阪市一碑）。

近江で詠んだ句ではないが、非常に近江に関連が深く、句碑もたくさん建立されている次の六句を取り上げる。

## 94　五月雨に鳰の浮巣を見にゆかん（貞享四年〈一六八七〉江戸にて）

句意　降り続く五月雨で今ごろは琵琶湖の水も増し、珍しい鳰の浮巣が浮き上がって見えるはずだ。さあこの雨を衝いて、その浮巣を見に行こう。

季語　五月雨（夏）

『笈日記』には「露沾公に申し侍る」と前書され、「露沾公」は内藤露沾。明暦元年（一六五五）江戸生まれ。享保十八年（一七三三）磐城（福島県南東部）で死亡。江戸時代中期の俳人。磐城平藩主内藤義泰（内藤風虎）の次男。跡継ぎとして藩主となるはずのところ、彼を陥れようとして、事実をまげ、いつわって悪しざまに告げ口をされたことにより、天和二年（一六八二）家督相続権をなくし、以後は風流をもっぱらとした。俳諧は西山宗因門であるが、父のよき導きで、季吟、芭蕉、其角らと交遊があった。江戸俳壇のパトロン的存在。句は江戸での作。すでに関西への旅意が働いていた頃で、露沾公に挨拶をし、気持ちを述べたと考えられる。「鳰」は水鳥のカイツブリ。「浮巣」は葦や水草・枯れ葉などで水面に作ったカイツブリの巣で、定めなく頼りない物というイメージが定着。また、琵琶湖を「鳰の海」といい、「鳰」からはこの湖がすぐに連想される。

**句碑①「左み多れに鳰のうき　巣を見にゆかん　者世越翁」　甲賀市土山町南土山　常明寺**

山門をくぐってすぐ右側に建つ。高さ百十センチ、幅六十五センチ、厚さ四十センチ。台石は高さ四十三センチある。嘉永元年（一八四八）建立。句碑24・25①と同じく桜井梅室の手になる。十五代住持職虚白が句5で説明した高桑蘭更の門人となり、桜井梅室らと交流したからと考えられる。

**句碑②「五月雨尓　鳰の浮巣を　見尓行ん　芭蕉庵桃青」　願成就寺　近江八幡市小船木町**

芭蕉二百回忌に建てられた句碑53②「比良三上」

常明寺の句碑

と同じく、願成就寺に三百回忌に建立された碑である。高さ百二十センチ、幅百センチ。平成六年（一九九四）に出版された乾憲雄（いぬいのりお）著『淡海（おうみ）の芭蕉句碑』上巻の八十五頁に「二百年前に芭蕉を慕い約百年ほど以前にも芭蕉を尊敬しての二基の句碑が建つこの地は、芭蕉追慕の地で他所にはみられない。それらの建立に協力された文人俳人らに敬意を示すものである。ぜひ、私たち後人も力を合わせて近い年にこの境内の一隅に芭蕉翁三百年忌の一碑を建立したいと願う一人であるし、地元の文化人にも提案して呼びかけをしたいものである」とある。芭蕉三百回忌の平成六年（一九九四）十二月三十一日に建立されているので、この熱い思いがこの碑の実現の源であったのだと本堂の左に新しく建てられた芭蕉の真蹟の碑を見て、「芭蕉さん」を慕う後世の人々の思いを強く感じた。

願成就寺の句碑

## 95

膳所へゆく人に

### 獺（かはうそ）の祭見て来（こ）よ瀬田の奥

**句意**　今ごろはちょうど獺祭（だっさい）の候で、折もよし、瀬田川上流で珍しい獺の祭でも見て来給え。

季語　獺の祭（春）

「膳所へゆく人」は浜田洒堂（珍碩）で、伊賀まで訪ねてきたこの人への餞別として詠んだものと考えられる。「獺」とはイタチ科の哺乳類。体長七十チセン、四肢は短く、指の間に水かきがある。泳ぎはきわめて巧みで、魚・貝・カニなどを食べる。「獺の祭」とは、獺が捕った魚を岸に並べてなかなか食べないのをいい、俳諧では祖先の祭りをしていると見なして早春の季語とする。

**句碑「獺の　祭見天来与　瀬田能奥」**

**大津市枝　天神川橋北詰**

田上小学校を目指していくと、右に小学校が見える「里五丁目」の信号に出る。そこを左にとり、天神川を渡った左側に平成四年（一九九二）四月に大津市のふるさと創生事業で建てられた碑がある。高さ七十チセン、幅八十五チセン。「瀬田の奥」とあるので、ここに建立されたと推測される。天神川は、大戸川と合流し、さらに琵琶湖を水源とする瀬田川と合流し、京都府で宇治川と

天神川橋渡って左側の句碑

天神川橋渡って右側にある万葉集の歌碑

名を変え、さらに木津川と合流する。碑の右下前の説明碑に「門人の洒堂が膳所から瀬田を通って伊賀上野への旅に出るとき、この句を贈りました。かつてこのあたりでも見られた獺は水辺に住む動物で、捕った魚を岸に並べて祖先の祭をするといわれていました」とある。現在は草が生えていて、写真を撮るのに、草を踏んで見えやすくしなければならなかった。以前、近江の万葉集の取材で、この地に来たのだが、全く芭蕉の句碑には気がつかなかった。道路の反対側に万葉集の歌碑が建っている。今回初めて、歌碑と芭蕉の句碑が並んで建っているのに気がついた。歌碑は「萬葉集藤原宮之役民作歌　いはばしる近江の国の衣手の／田上山の眞木さく檜のつまを／もののふの八十宇治川に／玉藻なす浮かべ流せれ」まで。「砂防百年」記念碑であることが右側面に刻まれている。

## 96　木のもとに汁（しる）も膾（なます）も桜かな

花見

**句意**　屋敷の庭に筵（むしろ）を広げ、花盛りの桜の下で酒盛りもたけなわの席に、落花

郵便はがき

お手数ながら切手をお貼り下さい

522-0004

滋賀県彦根市鳥居本町655-1

サンライズ出版 行

〒

■ご住所

ふりがな
■お名前　　■年齢　　歳　男・女

■お電話　　■ご職業

■自費出版資料を　　希望する ・ 希望しない

■図書目録の送付を　　希望する ・ 希望しない

サンライズ出版では、お客様のご了解を得た上で、ご記入いただいた個人情報を、今後の出版企画の参考にさせていただくとともに、愛読者名簿に登録させていただいております。名簿は、当社の刊行物、企画、催しなどのご案内のために利用し、その他の目的では一切利用いたしません（上記業務の一部を外部に委託する場合があります）。

【個人情報の取り扱いおよび開示等に関するお問い合わせ先】
サンライズ出版 編集部　TEL.0749-22-0627

■愛読者名簿に登録してよろしいですか。　□はい　□いいえ

ご記入がないものは「いいえ」として扱わせていただきます。

# 愛読者カード

ご購読ありがとうございました。今後の出版企画の参考にさせていただきますので、ぜひご意見をお聞かせください。なお、お答えいただきましたデータは出版企画の資料以外には使用いたしません。

●書名

●お買い求めの書店名（所在地）

●本書をお求めになった動機に○印をお付けください。

1．書店でみて　2．広告をみて（新聞・雑誌名　　　　　　）
3．書評をみて（新聞・雑誌名　　　　　　）
4．新刊案内をみて　5．当社ホームページをみて
6．その他（　　　　　　）

●本書についてのご意見・ご感想

## 購入申込書

小社へ直接ご注文の際ご利用ください。
お買上 2,000 円以上は送料無料です。

書名　　　　　　（　　　冊）

書名　　　　　　（　　　冊）

書名　　　　　　（　　　冊）

紛々（ふんぷん）として降りかかり、汁も膾も、何もかも花まみれになってしまいそう。

季語　桜（春）

元禄三年（一六九〇）三月二日、伊賀上野の風麦亭（ふうばく）で行われた時の発句として作成した。伊賀の連中が「軽み」に移りかねていて程度の低いのに不満足で、改めて、三月中・下旬頃、膳所に出て、同じ「木のもとに」の発句で洒堂（珍碩）・曲翠と歌仙を巻いている。この句を巻頭に、八月に『俳諧七部集』第四集『ひさご』洒堂編で「軽み」の発揮された作品が生まれる。

**句碑①「木のもとに汁もなま須（す）も桜かな　者世越（はせを）」　大津市中庄　戒琳庵（かいりんあん）**

洒堂の家へ来て「洒落堂記」を書いている。その旧跡がこの戒琳庵だという。門をくぐって少し左手に、碑が建っている。高さ五十八センチ、幅三十五センチ。竹内将人著『芭蕉と大津』に「筆者が芭蕉真筆の短冊を写して、昭和四十六年、桜満開の四月十一日建立除幕」とある。何度か訪ねたが、雨の日のほうが降ってない時より字が読みやすかった。

戒琳庵の句碑

句碑②「木乃毛登尓(のもとに)　汁茂膾も(も)　桜かな」

湖南市三雲　園養寺(おんようじ)

平安時代、最澄開基の天台宗寺院。平和の使者ともいうべき牛を祀っているこの寺を「牛の寺」と呼んでいる。JR草津線をまたいで渡る。正面に石段が百段ほどある。山門をくぐると、右手に牛舎があり、その左のさつきの植え込みの中に碑がある。建立の年代は未詳。高さ九十チセン、幅七十チセン。さつきが大きいので、見落としやすい。

園養寺の句碑

## 97

千川(せんせん)亭に遊びて

**折々(をりをり)に伊吹(いぶき)を見ては冬籠(ふゆごも)り**（元禄四年〈一六九一〉大垣にて）

**句意**　ここの主(あるじ)は、時折あの伊吹山の雄姿を眺めては、悠然として冬籠りを楽しんでいる。

**季語**　冬籠り（冬）

「千川」は大垣藩士宮崎荊口(けいこう)の次男で岡田治左衛門。宮崎荊口は、本名宮崎太左衛門。大垣藩百石扶持の藩士。一家で蕉門に入る俳諧熱心で、此筋・千川・文鳥は宮崎荊口の息子。『おくのほそ道』の旅で大垣に到着した芭蕉を、父子揃って出迎えた。元禄四年（一六九一）十月中旬、芭蕉は京都から江戸に向かう途中で大垣に立ち寄り、千川亭に泊まったときの句。「伊吹」は伊吹山。滋賀県と岐阜県の県境にあり、大垣の西に見える。

**句碑①「をりをり尓（に）　伊吹を見てや　冬籠　者世越（はせを）」　長浜市宮前町　長浜八幡宮**

鳥居をくぐって参道を行くと、中ほどに左芭蕉句碑という木の立て札がある。すぐ横に高さ百五十糎（センチ）、幅百二十糎（センチ）、厚さ六十糎（センチ）。台は石にぐるっと囲まれて、地上からは二百二十糎（センチ）ある。しっかりと深く彫り込まれているので、読みやすい。明治十六年（一八八三）前後に建立。裏には湖東社とあり、三十五名の人たちの協力によって建てられた。以前は神社の北側を流れる小川の畔にあったが、昭和五十年頃、この場所に移動された。

**句碑②「を里（り）くに　伊吹を　見天（て）や　冬籠　梅室書」**
**彦根市高宮町　高宮神社**

嘉永三年（一八五〇）に桜井梅室の手になる碑が四十五名の賛同者によって、神門前左側（現在の祓所（はらい））神社に建立され、昭和四十八年（一九七〇）四月に境内の笠砂苑の

長浜八幡宮の句碑

左奥に移転された。

苑の前には、切り株に記した説明板があり、よくわかる。字は右側に「を里(り)〱に」中央の上方に「伊吹を」、下方に「冬籠」、左側に「見天(て)や」とある。傍らに芭蕉句碑と刻した石碑は「昭和十一年　六十一歳・四十一歳の厄年　寄付」とある。

高宮神社の句碑

## 句碑③「大垣・千川亭にて　をり〱に　伊吹を見天(て)ハ　冬籠里(り)　者世(はせ)越(を)」

米原市清滝　柏原中学校東

二十年前から現在までに新しく建立された芭蕉句碑を含めて、調査を県内の十七市町の担当部署にお願いした。木之本から南へ下って、取材をした日があった。句碑①の長浜八幡宮が終わって、長浜城の辺りを走っていたとき、スマホにメールが入った。家のパソコンに届いたのが見られるようになっている。米原市からの追加返答であった。清滝の柏原中学校横に句碑があるという。スマホに変えてよかったと心底思った。彦根に行く予定を変更し、米原の清滝へ向かった。

中学を通り過ぎて、すぐ交差した道路の角に、平成二十三年（二〇一一）三月に柏原学区史跡保存会が建てられた。「芭蕉は元禄四年（一六九一）の初冬、中山道柏原を通り、

柏原中学校東の句碑

大垣の門人、（大垣藩士）岡田千川亭でこの句を読んだ。そしてその三年後、大阪で五十一才の生涯を閉じた。「この句は、初雪を見た伊吹山の、その後の降雪回数を数えながら冬支度を急ぎ、ひと冬を銀嶺の伊吹と共に送る、山麓住民の気持をうまく捉えている。ただし伊吹を見て優雅に冬籠りする、千川へのほめ言葉との説もある。この同じ句碑は、他に滋賀県に二ヵ所、岐阜県に五ヵ所、愛知県に一ヵ所ある」といった誠に行き届いた説明板がある。岐阜はわかるけれど、愛知県にはなぜと思った。

## 98

病中吟

**旅に病んで夢は枯野をかけ廻る**（元禄七年〈一六九四〉大坂にて）

句意　旅先で死の床に臥しながらも、見る夢はただ、あの野この野と知らぬ枯野を駆け回る夢だ。

季語　枯野（冬）

元禄七年十月八日作。亡くなる四日前の句で、純粋な創作としては生涯最後のもの。

旅を住処とし、俳諧一筋に歩んだ人生の末尾を飾る句として、含蓄深いものがある。

**句碑①「旅尓病天　夢盤　枯野を　かけ廻る　芭蕉翁」**

**大津市馬場　義仲寺**

義仲寺の左奥木曽八幡社の前に、高さ百四十六チセン、幅五十二チセン、厚さ三十チセンの碑に刻まれている。碑の真ん中上に「旅尓病天」とあり、その下に右斜め上から下に三行書きで、「夢盤」、「枯野を」「かけ廻る」とあり、「芭蕉翁」は「夢盤」の下に刻されている。この碑は大きく字もはっきりとわかるので、石面に散らし書きがされていてもわかりやすいが、これまであげてきた句碑の中でわかりにくいものも多かった。明治二十六年（一八九三）二百回忌の時に無名庵社中が建立した。

義仲寺の句碑

**句碑②「旅尓病天　ゆめは枯れ野を　かけまはる　者世越」**

**難波別院（南御堂）　大阪市中央区久太郎町**

大阪市内の難波別院（通称南御堂）の本堂南側の庭園「獅子吼園」に天保十四年（一八四三）芭蕉百五十回忌建立された句碑がある。最後が「かけまわる」となっている。

最初は境内にあったが、御堂筋の拡張で境内を切り取られたので、昭和十年（一九三五）道路の緑地帯に移された。昭和二十年（一九四五）三月十三〜十四日にかけての大阪大空襲で、本堂が焼けた。再建なった昭和三十七年（一九六二）に再び御堂の境内に移された。また、前の御堂筋の緑地帯に「此附近芭蕉翁終焉ノ地ト伝フ」（昭和九年三月建之　大阪府）という石柱が立てられている。実際の位置はもう少し南側に芭蕉の亡くなった花屋はあったらしい。地下鉄御堂筋線本町駅八号出口から南へ二百メートル行くと別院に着く。

難波別院の句碑

芭蕉終焉の地

　句碑が御堂の境内に移されるのを機に、昭和三十三年（一九五八）から芭蕉をしのんで毎年十一月に芭蕉忌が勤修され、法要の後、句会が催されている。また、別院が出す月刊誌「南御堂」には、「みどう俳壇」のコーナーがあり、毎号投稿者の優秀句を掲載している。これも、句碑の存在がきっかけという。近江だけでなく、全国各地で今でも芭蕉が縁で地道な活動をしておられることがわかる。

## 99　木隠れて茶摘みも聞くやほととぎす

**句意**　今ごろは、茶畑で茶の木の間に見え隠れしながら茶摘みに忙しい茶摘み女たちも、そこらを鳴き過ぎる時鳥を聞いていることだろうか。

**季語**　ほととぎす（夏）

「木隠れて」は木に姿が隠れること。「茶摘み」は茶を摘む人。この句の俳諧としての新しさは、和歌や連歌では、「ほととぎす」に橘・あやめ草・卯の花・五月雨・早苗などを取り合わせるのが常道であるが、それらを排して茶摘みと取り合わせたところにみられる。茶摘みと関係があるということで、信楽に句碑が三基ある（205～208頁参照）。

**句碑①「木かくれて　茶摘もきくや　ほとゝぎす」**

**甲賀市信楽町上朝宮　仙禅寺**

仙禅寺石段の傍らに、左から「朝宮茶発祥の地之碑」「岩谷山仙禅寺」「芭蕉句碑」が並ぶ。裏面には「昭和五十二年十一月建立　信楽町茶業協会　信楽町農業後継者クラブ茶業部」とあり、由良鳳英書と彫られていた。京都市立塔南高校で書道を担当されていた方のよ

仙禅寺の句碑

うだ。この道をさらに北へ行くと、畑（はた）のしだれ桜へと続く。

## 句碑②「木加久（かく）れて　茶摘も聞や　杜鵑」

**甲賀市　信楽町　宮尻　大谷宅庭**

宮尻橋の手前を右に入ると一番奥の家が大谷宅である。門の入口の角柱に「天然記念物　朝宮茶樹」裏面には「滋賀県保勝会　大正十一年九月」と記されている。門の奥に句碑がある。もとは近くの大宮神社にあったものを移転されたという。

大谷宅庭の句碑

## 句碑③「木加久（かく）れて　茶摘も聞や　杜鵑　者世越（はせを）」

**甲賀市信楽町宮尻　美谷（びったに）橋横**

国道四二二号の拡幅工事に伴って平成十六年三月建立された。前の二つには説明板はないが、ここには立派な説明板がある。句意の説明の後、「時は元禄七年閏五月十七日。伊賀上野を発ち、芭蕉の遠縁にあたる宮尻の片木藤兵衛宅に旅する途中、宮尻の茶畑でこの句を読んだという。翁が去った後、道端の炭小屋の軒に、

美谷橋横の句碑

この句が残されていた。後に句碑にしたと伝えられている」とあった。伊賀上野から大津への中間に宮尻がある。宿泊するにも、休憩するにもちょうどよい地点に、親戚があって、そこでほっこりしたのかなと想像できる。

# III

# 芭蕉の関連地訪問

Ⅱ章で芭蕉の句と近江にある句碑を紹介してきた。句碑を訪ねたいと思われる方に、文学散歩も兼ねて、句碑と共に、近江路の散策をしていただけるように、堅田・大津・義仲寺・膳所・石山（以上、大津市）・湖南市・甲賀市・長浜市・米原市・彦根市の方面別に取り上げる。所在地と電話番号があれば便利かと思い載せた。句碑についての説明はすべてⅡ章に掲載してある。

## 堅田付近

堅田の芭蕉関連地を訪問するなら、湖族の郷資料館（大津市本堅田一丁目二一―二七　電話〇七七―五七四―一六八五）前の観光駐車場に車を停めて、徒歩で回るのがお勧め。最初に浮御堂を見るもよし、本福寺以下を先に回って、浮御堂を最後にするもよしである。

**浮御堂　大津市本堅田一丁目一六―一八　電話〇七七―五七二―〇四五五**

正式名称は海門山満月寺で臨済宗大徳寺派の寺院である。浮御堂は平安中期に恵心僧都源信が湖上の安全と、生きているものすべてを仏道によって迷いの中から救済し、悟りを得させるために千体の阿弥陀仏を祀って建立したのが始まり。湖上に約二十五メートル突き出し、宝形造りの仏殿が建ち、「堅田の落雁」として近江八景の一つに数えられる。

浮御堂

満月寺山門

近江八景とは琵琶湖南西岸の八つのすぐれた景観。三井の晩鐘、石山の秋月、堅田の落雁、粟津の晴嵐、唐崎の夜雨、瀬田の夕照、矢橋の帰帆、比良の暮雪。中国の洞庭湖の瀟湘八景を模して選ばれた。室町時代には、その瀟湘八景をもとにさまざまな日本の風景が漢詩に詠まれたが、現行の近江八景が登場するのは、江戸時代の初め頃で、以後、屏風絵や版画の題材として流行した。歌川広重はここ浮御堂を背景に雁が渡っていく姿を描いている。

当初の浮御堂は昭和九年（一九三四）の室戸台風で倒れ、現在のものは昭和十二年に鉄筋コンクリートで再建された。昭和五十七年にも修理が行われ、昔の情緒をそのまま残している。境内には芭蕉の句碑二つのほか高浜虚子ら七つの句碑がある。山門を入ると、阿波野青畝の句碑「五月雨の雨垂ばかり浮御堂」、浮御堂左側湖中に高浜虚子の句碑「湖も此辺にして鳥渡る」がある。

湖に向かって右側に芭蕉の句碑66「鎖安遺亭」、左側に句碑53①「比良三上（ひらみかみ）」が境内に並んでいる。この二つの句碑の向こうには左に浮御堂、右に三上山が望め、最も適する場所に建っている。

浮御堂の手前左側に俳句コンクールの看板があった。芭蕉三百年忌の平成六年（一九九四）頃から現在まで俳句コンクールが実施されている。「開催期間十月一日〜十一月三十日、開催場所　浮御堂・本福寺・石山寺・（国分）幻住庵・岩間寺（いわまでら）・義仲寺・唐崎神社・西教寺・三井寺・円満院」とある。毎年応募する方もあるそうだ。

### 本福寺　大津市本堅田一丁目二二—三〇
電話〇七七—五七二—〇〇四四

本福寺は浄土真宗の寺で、真宗中興の祖蓮如（れんにょ）の布教活動の中心となった寺院。元禄三年（一六九〇）、芭蕉四十七歳。五回目滞在中の九月十三日から、芭蕉は堅田に赴き、二十五日に義仲寺に戻っている。門人の本福寺住職三上千那（せんな）の招きで、船で来た。

本福寺の山門

本福寺の碑群

門を入るとすぐ、「蓮如上人御舊跡」と刻まれた円筒碑があり、その傍らに当寺十一世三上千那（220頁参照）の『猿蓑』に載った句の碑がある。

**しぐれ来（く）や並びかねたる魦（いさざ）舟　千那**

**句意**　並んでいさざ網をひいている舟が急に襲ってきた時雨（しぐれ）にあわただしく列を乱すさまを描いている。

**季語**　時雨・魦（冬）

「魦」はスズキ目の淡水魚。全長約七センチ。ハゼの一種で、佃煮にして食用。琵琶湖の特産。

さらにその左に中島来章（らいしょう）の描いた芭蕉翁肖像が刻まれている碑がある。高さ六十七センチ、幅四十五センチ。来章は近江で生まれた幕末・明治の円山派の画家。初め画を渡辺南岳に学び、のち円山応瑞に従った幕末の「平安四名家」の一人。見ているだけでこちらがほのぼのするような実ににこやかな芭蕉の顔である。俳句もたしなんだ。

その左に句碑2③「可（か）ら佐（さ）き能（の）」がある。この句の句碑

芭蕉翁肖像碑

千那句碑

は県内三ヶ所（唐崎神社・近江神宮）にある。

本堂の裏庭に句碑45の「病雁の」がある。碑の左に三翁碑があるが、説明がないので、これも見逃しそうである。三翁とは芭蕉・千那・角上の三俳人のことである。句碑の項で説明している。以下句碑については同じ。

## 其角の父の生家跡

本福寺のすぐ東に榎本其角（221頁参照）の父の生家跡が残されている。其角の父は膳所藩本田侯の医師で堅田出身の竹下東順。現在居住している方が、「宝井其角寓居乃跡」の碑を平成二十年（二〇〇八）に建立されている。ここでは、姓に「宝井」を使っている。さらに進むと祥瑞寺に着く。

「宝井其角寓居之跡」の碑

## 祥瑞寺　大津市本堅田一丁目二七—二〇　電話〇七七—五七二—二一七一

トンチで有名な一休宗純が、二十二歳から三十四歳まで修行し、悟りを開くとともに一休の道号を授けられたお寺。「堅田祥瑞寺にて」の前書で、元禄三年（一六九〇）九月に詠んだ句碑47「朝茶飲む」は、本堂の左手、苔の庭・飛び石・竹垣などが配され、木

十六夜公園記碑と説明碑

祥瑞寺境内

漏れ日の中に、平成四年（一九九二）四月に、大津市のふるさと創生事業で建立され、傍に説明碑が見られる。

## 十六夜（いざよい）公園　大津市本堅田

祥瑞寺から琵琶湖に向かい、水神で龍の化身として崇められる「弁天さん」を祀る都久夫須麻（つくぶすま）神社の左横を降りると十六夜公園がある。平成六年（一九九四）芭蕉没後三百年を記念して整備された。名称は、芭蕉が堅田の門人と楽しんだ十六夜の月見の句会にちなんでつけられた。『堅田十六夜の弁』（248頁参照）の全文を刻んだ碑と説明碑がある。説明には「元禄四年（一六九一）八月十六日、前夜の義仲寺に於ける月見の俳席に引き続き、十六夜の月を賞すべく、芭蕉は数名の門人と舟で堅田に赴き、門人竹内茂兵衛成秀（もへえなりひで）の家に遊んだ。前夜にもまして盛況だったこの夜の俳席を、芭蕉は俳文『堅田十六夜の弁』として記し、成秀に贈っている」とある。続きに本文が記され、最後に添えられた俳句はⅡ章の浮御堂の句碑66「鎖明けて」と、句67「安々（やすやす）

と」であった。句碑の数には入れていない。

公園は非常に眺めのよいところに作られている。碑の後方に浮御堂も見られる。枝垂れ桜もあり、春には花見と遙か対岸の三上山も遠望できるすばらしい場所である。

## 堅田漁港漁業会館前　大津市本堅田二丁目一三―一三

電話〇七七―五七二―一四一一

湖畔の道を北へ、三島由起夫文学碑・琵琶湖哀歌碑・居初(いそめ)家の天然図画(ずえ)亭も通り過ぎ、老ヶ川橋の手前を湖岸に進むと漁業会館右前の碑を目にする。句碑46「海士農(あまの)屋盤(は)」の碑がある。「かたたの浦に草枕して」に続き、見事な草書体で刻まれているが、説明板がないのでわかりにくい。碑裏に「昭和六十年（一九八五）九月二十三日芭蕉来津三百年記念」とある。貞享二年（一六八五）芭蕉四十二歳の時の訪問で初めて句を詠んでいるので、それからのカウントであろう。

堅田漁港の句碑

西教寺から琵琶湖を望む

西教寺山門

## 大津付近

**西教寺**（さいきょうじ）　大津市坂本五丁目一三—一
電話〇七七—五七八—〇〇一三
京阪電鉄石山坂本線坂本駅から徒歩二十分
ＪＲ湖西線比叡山坂本駅からバス西教寺下車すぐ

全国に四百五十以上の末寺を持つ天台真盛（しんぜい）宗の総本山。聖徳太子による創建と伝えられ、室町時代末期に真盛が入寺して再興した。伏見城の遺構を移したという客殿には狩野（かのう）派の襖絵、小堀遠州作の庭園などの見どころがあり、境内には明智光秀一族の墓、芭蕉が近江で詠んだ句ではないが「月さびよ」（254頁参照）の碑もある。

**新唐崎（からさき）公園**　大津市下阪本六丁目二

国道一六一号下阪本六丁目南の信号を琵琶湖の方に入り、百二十（メートル）行くと突き当たる。五十（メートル）北上し、さらに琵琶湖

新唐崎公園の句碑

天然記念物新唐崎松

の方に五十メートル入ると、公園がある。公園入ったところには案内板がある。「公園に入るとその中央に枝ぶりの良い松が石柱に囲まれ、訪れる者を出迎えてくれるようだが、石碑には、『天然記念物新唐崎松』『磯成り神社御旅所』と記されている」とある。唐崎の松の実生を天正年間（一五七三〜九二）に植えたとあった。案内板にも避難場所の看板にも、芭蕉の句碑には何も触れていない。公園の中を南へ百メートルほど行くと、端に句碑11「海者晴れて」がある。非常にわかりにくく、取材者泣かせであった。

## 唐崎神社　大津市唐崎一丁目七―一

JR湖西線唐崎駅から徒歩十分

国号一六一号唐崎一丁目南の信号から二百メートル北上すると、右斜め前へ入る旧道の名残の道がある。右に八十メートル行き、さらに琵琶湖側に三十五メートル行くと日吉の境外摂社の唐崎神社がある。日吉大社の社伝によれば、舒明天皇六年（六三三）、琴御館宇志丸宿禰がこの地に居住し「唐崎」と

「唐崎の夜雨」の碑

唐崎の松

名づけ、その妻が松を植えた「唐崎の松」がある。神社は持統天皇十一年（六九七）に創建されたと伝えられ、境内から琵琶湖を背景に唐崎の松を描いた歌川広重の「唐崎の夜雨（やう）」で知られており、近江八景に選ばれている。神社から対岸に近江富士を望むことができ、広い空と湖、巨大な松を仰ぎ見ることができる素晴らしい場所にある。初代の松は天正九年（一五八一）に大風で倒れ、天正一九年（一五九一）、大津城主だった新庄直頼の弟・新庄直忠が二代目の松を植えた。二代目も大正十年（一九二一）に枯れ、現在のものは三代目である

天智天皇が六七五年三月に行幸した時、膳所（ぜぜ）の粟津（あわづ）から粟飯を送って喜ばれたので、毎年献上することを約束されたと伝えられ、今日も日吉大社の山王祭（さんのうさい）で執り行われる唐崎沖での「粟津の御供（ごく）」の行事で、膳所の粟津の神社から献上される。句碑２①「唐崎能（の）」は三代目「唐崎の松」の下に立つ。

近江神宮の万葉歌碑

近江神宮本宮

## 近江神宮　大津市神宮町一―一　電話〇七七―五二二―三七二五

京阪電鉄石山坂本線近江神宮前駅から徒歩九分

大化改新を行った天智天皇の都、近江大津京旧跡に昭和十五年（一九四〇）十一月鎮座し、天智天皇を御祭神とする、天皇が特に勅使をつかわし、その祭神に奉献するものを奉る（これを勅祭という）神社。全国で十七社のうちの一つ。勅祭社。琵琶湖を見下ろす景勝地である境内は約二十万平方メートル。神社としての歴史は新しい。朱塗りの楼門をくぐると回廊づたいに外拝殿、内拝殿、本殿と続く。その重厚な造りは「昭和づくり」「近江づくり」と称され、昭和を代表する神社建築として国の登録文化財に指定されている。天智天皇が大津京に漏刻（ろうこく）（水時計）を設けられ、日本の時刻制度を定められたことより、境内には漏刻台や日時計、古代火時計などがある。百人一首かるたでも知られている。社務所の近くには小倉百人一首の中にもある天智天皇の御製（ぎょせい）「秋の田の刈穂の庵（いほ）の苫をあらみわが衣手は露にぬれつゝ」の歌碑や弘文天皇の漢詩、万葉集の柿本人麻呂・

高市黒人の歌、芭蕉の俳句、保田與重郎ほか近代の歌人・俳人など多くの歌碑・句碑が設けられている。句碑2②「から崎乃」の碑は社務所の手前左手に階段があり、その上にある。

**圓満院　大津市園城寺町三三　電話〇七七―五二二―三六九〇**
**京阪電鉄石山坂本線大津市役所前駅から徒歩七分**

次の園城寺（三井寺）と同じと思いがちだが、圓満院は今から約一千年前、平安時代村上天皇の第三皇子悟円法親王によって開創された門跡寺院で、長く天台寺門総本山園城寺（三井寺）の中枢に位置していたが、現在は単立寺院である。門跡寺院として皇子皇孫によって受け継がれ、現門跡五十七世に及ぶ。日本全国に二十万余あるとされている寺院の中で、門跡寺院は、十七ヶ寺しかなく、よく知られているところでは、京都「三千院門跡」「大覚寺門跡」「仁和寺門跡」日光「輪王寺門跡」などがある。「門跡」の起源は、宇多法皇が仁和寺に入室したことに始まるとされ、皇族や摂関家などの子弟が出家した僧房では、各門流を各々継承することになり、「門跡」とは、皇族その他の出

円満院門跡

三井の晩鐘

園城寺山門

身者によって相承される特定の寺院を指す称号へと変化した。そのため、今日、「門跡寺院」と称するのは、やんごとなき方々によって相承された特定の寺院を指すようになった。

境内に二つの句碑があり、一つ目は境内入って右側に釣鐘があり、その後に句碑65①「三井寺の」が建っている。もう一つは欅（けやき）の古木の左手に句碑57①「大津繪の」である。

**園城寺**（三井寺）　**大津市園城寺町二四六**
**電話〇七七―五二二―二二三八**
**京阪電鉄石山坂本線大津市役所前駅から徒歩七分**

正式には「長等山園城寺（ながらさんおんじょうじ）」といい、天台寺門宗の総本山。平安時代、第五代天台座主（ざす）・智証大師円珍和尚の卓越した個性によって天台別院として中興され、以来一千百余年にわたってその教法を今日に伝えてきた。書家榊莫山（さかきばくざん）揮毫（きごう）の句碑65②「三井寺の」が、本堂（金堂）の西側にある。なぜ榊莫山なのかと調べてみたら、芭蕉と同じ伊賀上野で育ったそうだ。大津に生まれ育った私は「三井寺」と呼び習わしてきた。

**月心寺**　**大津市大谷町二七―九　京阪電鉄京津線大谷駅から西に徒歩十分　要予約**

月心寺は京、大津への玄関口、逢坂山の関所を控え、かつては東海道で非常ににぎわって追分の地で繁昌していた走井茶屋の跡である。臨済宗系の単立寺院であるが、元は相阿弥（室町時代の絵師連歌師等）の作といわれる「走井庭園」があり、その周囲には走井を源として茶屋が点在していたという。境内には今も枯れることなく走井の名水が湧き出ている。歌川広重が描く「東海道五十三次」では、溢れ出る走井の水のそばの茶店で旅人が休息している姿が見える。その茶店が月心寺である。京都大津間を往復する道すがら、逢坂山関所の近く大谷のあたりで見た素朴な大津絵、芭蕉は庶民の仏画を思い描いたのであろうか。

日本画家の橋本関雪が同寺に仮住まいしていた。国道一号の拡張や東海道本線の開通により町が廃れてしまい、月心寺は朽ち果てていた。このまま朽ちるのを惜しんだ画伯が大正三年（一九一四）自らの別邸として購入した。「月心寺」と書かれた四角い紙行灯のような寺標が目に

月心寺

月心寺茶室

月心寺前庭

入る。いつも開けておられるわけではないので、予約が必要である。門をくぐると、「走井」と刻された井筒がある。精進料理の達人で、NHKの朝ドラ「ほんまもん」のモデルにもなった庵主村瀬明道（みょうどう）尼が突然亡くなられた。その後、関雪の孫のお嫁さんの妙さんが引き継がれ、関雪が走井庭園であった場所に名をつけた「走井居（はしりいきょ）」で料理を提供していた。「明治天皇が行幸された月心寺を荒れさせるわけにはいかないと関雪が買い取って、別荘にした」「白沙村荘の建築時期とも重なり、画を書いて書いて書きまくっていたと聞いている」と妙さんは話された。

蟬丸法師、小野小町、明治天皇、高浜虚子（きょし）などと縁のある場所という伝えもあり、敷地内にそれぞれの旧跡が遺されている。句碑57③「大津繪の」は「走井居」の庭に下り、左上に見える茶室の奥庭にある。

**天孫神社**　**大津市京町三丁目三—三六**
**電話〇七七—五二二—三五九三**
**ＪＲ琵琶湖線大津駅から徒歩五分**

滋賀県庁前に鎮座し、創建は延暦年間（七八二〜八〇六）。例祭の大津祭は日吉神社の山王祭、長浜の曳山祭とともに湖国三大祭の一つともなっている。大津祭の起源は、慶長年間（一五九六〜一六一五）とされる。祭りの各曳山にはからくり人形が乗っているのが特徴。境内に桜が植えられ、満開の時は見事である。句碑88「ひら〳〵東」は県庁側の門を出て、右手の歩道と道の間に扇が三分の一ほど開いた形のめずらしい碑である。

**湖岸なぎさ公園**　**大津市島の関（大津市民会館横）**

二・二キロある湖岸なぎさ公園で、大津市民会館の横にあるトイレの湖側の松の下に句碑86「さゞ波や」が建っている。芭蕉の生まれ故郷の伊賀上野市（現在は伊賀市）と埋葬された大津市が平成八年（一九九六）に姉妹提携した記念に

天孫神社鳥居

湖岸なぎさ公園

両市のライオンズクラブが建立した。琵琶湖を背景に、遠くに三上山が望め、句にふさわしい場所にある。実はこの碑の存在が今回取材した五十九碑のうち五十八碑目にわかり、平成二十六年（二〇一四）十二月三十一日、大晦日に大津まで行った。私にとっても思い出の碑となった。

## 義仲寺付近

**京阪電鉄石山坂本線膳所駅から徒歩五分**
**大津市馬場一丁目五—一二　電話〇七七—五二三—二八一一**

源平の争乱期、この地は粟津ヶ原といわれ、朝日将軍木曽義仲が討ち死にした所とされる。年を経て、一人の尼僧がここに庵を結び、公の供養をねんごろに行った。その女性こそ巴御前の後身であったとする伝承が当地にあり、これが義仲寺の縁起である。戦国時代に荒廃したが、室町時代末期に近江守護佐々木六角氏が再興した。当時の寺領は

芭蕉の墓

義仲寺山門

湖水を前にし、現在の龍ヶ岡俳人墓地あたりに及び、境内は極めて広大であったといわれる。

元禄年間には芭蕉翁がたびたび滞在、無名庵(むみょうあん)で句会も盛んに催した。大坂で亡くなった芭蕉だが、「骸(から)は木曽塚に送るべし」との遺志により義仲墓の横に葬られ、俳諧道の聖跡とされてきた。又玄(ゆうげん)の句「木曽殿と背中合わせの寒さかな」がよく知られている。

その後、再び荒廃したが、京都の俳僧蝶夢(ちょうむ)が数十年の歳月をかけて中興し、寛政五年(一七九三)には盛大に芭蕉百回忌を主催した。だが昭和期、敗戦後にまた荒廃壊滅の危機に瀕する。篤志家の寄進により昭和四十年(一九六五)に再興された折に圓満院より独立し、単立の寺院となった。

境内には義仲公の墓、芭蕉翁の墓のほか、本堂である朝日堂、芭蕉翁を祀る翁堂(おきなどう)、翁の宿舎無名庵、粟津文庫、木曽八幡社、巴地蔵堂などがある。芭蕉翁の墓は元禄七年(一六九四)十月十八日に内藤丈草(じょうそう)(226頁参照)の揮毫で建立された。高さ七十センチ、幅三十五センチ。亡くなったのが十二日であるから、すぐに建てられたのがわかる。

義仲公の忌日の「義仲忌」(一月第三日曜日)、芭蕉翁の忌日の「時雨忌(しぐれき)」(十一月第二土曜日)、さらには、翁堂に鎮座する芭蕉翁の像に白扇を奉納する「奉扇会(ほうせんえ)」(五月第二土曜

木曽義仲の墓

日）は伝統ある行事で、毎年実施される。宝物館は史料観と呼ばれ、芭蕉に関する墨書や軸、芭蕉愛用（伝）の椿の杖、蝶夢の絵巻「芭蕉翁絵詞伝」（複製）などが展示されている。また、翁堂の天井には、伊藤若冲筆「花卉図天井画」（十五面）が飾られている。

寺に入ってすぐ右に「史料観」がある。前に芭蕉の木が植栽され、句碑22①「行春を」が迎えてくれる（裏表紙参照）。境内には句碑十九碑と歌碑二碑がところ狭しと並んでいる。俳人達の思いが一杯詰まっているのがよくわかる。現在は宗教法人義仲寺として運営されている。前執事の田附義明氏は「文化史跡をお守りし後世に引き継がせていただくのが大事との気持でさせていただいている」と語られた。

寺には他に芭蕉の句碑は生涯最後に詠んだ句碑98①「旅に病んで」と「古池や」の計三碑ある。「古池や」は近江で詠んだ句ではないので、取り上げなかったが、岩間寺にも句碑もあり、芭蕉代表作とも開眼の句とも伝えられるので少し解説をしておく。

義仲寺の翁堂

翁堂の天井

# 古池や蛙飛びこむ水の音

**句意**　春日遅々たる春の昼下がり。水の淀んだ古池は森閑と静まり返っている。と、一瞬、ポチャッと蛙の飛びこむ水音がして、あとは再びもとの静寂。

**季語**　蛙（春）

貞享三年（一六八六）の春の作。深川芭蕉庵での「蛙」を題とした会の席上、発表された句である。『野ざらし紀行』の旅で近江を一回目に訪れた後、江戸に戻って詠んだ。

**時雨忌**

平成二十六年（二〇一四）十一月八日の時雨忌に参列した。百名ほどが見守る中、執事の田附氏が十一時に芭蕉翁三百二十一年忌時雨会「奉告祭」の開始を告げる。左奥の木曽八幡社前で神官の修祓（＝お祓い）、お供え、参

如意に持ち替えた時雨忌後

扇を持つ時雨忌前

風羅念仏奉納（奉扇会の時）

芭蕉の命日「時雨忌」の様子

列者の玉串奉奠等の神事をする。その後、「如意奉上」のために導師とお盆に如意（仏事の法具名。棒状でなだらかに曲がり、先端が広がった形をしたもの）を載せて従う人が右奥の翁堂に入る。読経の後、堂内にある芭蕉像が手にする白い扇を如意に変える。白い扇は五月の奉扇会の時に如意から白い扇に変えたもの。さらに、朝日堂で献花・献茶の後、導師の読経と続いて、参列者が堂内と堂外で焼香をする。「献句奉詠」の後、今年で再興して三年目になる風羅念仏踊を奉納する。午後からは無名庵で俳句会が行われる。

### 奉扇会

平成二十六年（二〇一四）五月十日に執り行われた際に参列した。百余名が見守る中、時雨忌と同じ手順で実施。木曽八幡社前で神官の修祓、参列者の玉串奉奠拝礼等の神事が終了した後、右奥の翁堂にある芭蕉像が手にする如意を白い扇に替える。如意は前年の時雨忌の時に白い扇から替えたもの。その後、本堂の朝日堂で、献花・献茶・献句の後、導師が読経し、風羅念仏踊を奉納する。

亡きお母さんのことを詠んだ句を、翁堂の左外の額に紹介されている方は、二十七年間時雨忌・奉扇会に参列し、午後からの無名庵での俳句会にも出席される。また、千葉県から来た大学院生は風羅念仏の惟然坊（広瀬惟然）を研究しているという。三年前に訪れた際、心のこもった説明を受けたことが忘れられず、今年は後輩と参加したとのことで、「今でも、近江の人には、どんな旅人にも理屈抜きに寄り添う優しさがあると思う」といううれしい言葉を残している。

### 史蹟　龍ヶ岡俳人墓地

国道一号竜が丘の信号から京都方面へ信号を一つ進むと、右手に見える。ラーメン屋の手前である。湖畔近くから膳所駅をまたいでこの地も義仲寺の寺領だから、本当に広かったのを実感する。大津市の説明板には「竜」の字を使用している。それに「墓地には、俳聖松尾芭蕉の門下十哲の一人丈艸の名を刻んだ小さな自然石の墓

俳人墓地風景

龍ヶ岡俳人墓地

を中心にこれを囲んで、まるで句座でも開いているような格好で芭蕉門下の俳人一七人が眠っています」とある。義仲寺の墓の字を書いた丈草と同じ人である。今は国道を走る車の騒音に静かに眠ることもできないだろうなという所にある。義仲寺同様、こちらにも所せましと門人たちの墓がある。芭蕉が無名庵にいた頃のにぎやかさがしのばれる。

**大津市馬場町　馬場児童公園横**

義仲寺の近く、にほの浜二丁目交差点の右手前の公園に、大津市の創生事業で建てられた句碑75①「草能(の)戸や」がある。

馬場児童公園の句碑

## 膳所(ぜぜ)付近

**芭蕉会館　大津市秋葉台三五―九　財団法人芭蕉翁遺跡顕彰会　電話〇七七―五二五―九一五九**

石山から国道一号を大津へ向かうと、秋葉台の信号がある。そこを左に曲がって五十上り、すぐの道が二手に別れている。それを右手にとり、百上ると右手に芭蕉会館、左手に茶臼山公園がある。もう少し上まで行くと無料駐車場がある。

芭蕉会館（旧膳所城二重櫓）

正風合同句碑

　芭蕉を始祖とする正風（蕉風）俳句の会は義仲寺の無名庵を本拠として、昭和二十八年頃まで続けられてきた。内部での意見の違いもあって、義仲寺より独立して、昭和三十二年に財団法人芭蕉翁遺跡顕彰会を設立。昭和三十九年（一九六四）の芭蕉二百七十年忌を記念に、茶臼山に旧膳所城二重櫓を移築して、芭蕉会館とした。芭蕉会館の下に建つ庵を義仲寺の無名庵と混合しないように无名庵とした。

　芭蕉会館の屋上には、金色に輝く四基のシャチが見られる。これは慶長六年（一六〇一）膳所城創建当時のものを修復して、金箔を貼ったものである。周囲の唐草瓦は本多城主の立葵の紋入り瓦である。膳所城関係の建物として残っている最大のものだそうだ。明治の解体とともに消えてなくなったと思われるものを発見できた（口絵参照）。

　また、現在も義仲寺と同じく奉扇会（六月第三土）・時雨忌（十月第四土）を開催している。さらに毎年宮中献納俳句祭を近江神宮の神前で行っている。

会館の前には「芭蕉道統歴代句碑」を二十世美濃豊月が、芭蕉生誕三百四十年の昭和五十九年（一九八四）に建立した。高さ百二十五センチ、幅百六十五センチ。「俳祖　旅に病て夢は枯野をかけ廻る　松尾芭蕉」に始まり、二世からの句と俳号が刻まれ、建立・二十世美濃豊月」とある。そして、現在の二十一世藤野鶴山（かくざん）氏まで「正風」は、連綿と受けつがれている。昭和二十三年（一九四八）三月に義仲寺において、十八世寺崎方堂氏により創刊された俳諧誌『正風』は、独立以来引き続いて芭蕉会館で刊行されている。毎月一日に発行され、令和四年（二〇二二）九月号で通巻８７５号となり、全国の俳人たちが投稿している。方堂氏は近江神宮に句碑２②「から崎乃（の）」を建立している。

鶴山氏は「義仲寺は墓などのハード面、うちは俳句・連句の錬成道場たるソフト面を担当している」と語るが、俳諧誌や碑を拝見してなるほどと納得した。芭蕉の近江滞在を機に、現在も芭蕉の精神が継承されているのを、是非とも記録に残したいと思う。

玄関の右に句碑57②「大津絵乃（の）」と「鬼の寒念仏像」が建っている。会館の周辺には多くの碑が建てられている。また、本書で使用する門人たちの人物像は会が有する『正

芭蕉会館の芭蕉道統歴代句碑

『洒落堂記』説明碑

『洒落堂記』の碑

風百人一句集』（俳句かるた）より借用した。

**茶臼山公園　『洒落堂記（しゃらくどうのき）』の碑（245頁参照）　大津市秋葉台**

　芭蕉会館を右に見て、左の公園入口にある。近寄ると美しい石に桜の花びらが散るように刻まれ、ピンクの色彩までついている。平成五年（一九九三）大津市の建碑事業として、『洒落堂記』をここに、堅田（かたた）一丁目、満月寺浮御堂（うきみどう）付近に『堅田十六夜（いざよい）の弁』（248頁参照）、国分の幻住庵の「幻住庵記」（234頁参照）の三基の記碑を建立した。『洒落堂記』の説明碑は残念ながら一部くずれてはがれている。

**膳所城跡公園　大津市本丸町七**

　近江大橋西詰のすぐ南側に突き出た地にあった膳所城は、徳川家康が関ヶ原の合戦の後、築城の名手といわれた藤堂高虎に最初に造らせた城。城構えは、湖水を利用して西側に天然の堀を巡らせた典型的な水城で、白亜の天守や石垣、白壁の塀・櫓（やぐら）が美しく湖面に浮かぶ姿は、実に素晴らしかったという。この美観は、「瀬田の唐橋唐金擬宝珠、水に映るは膳所の城」と里謡にも謡われている。
戸田・本多・菅沼・石川と城主が変わった後、本多七万石代々の居城として長く偉容を誇ったが、明治維新で廃城になり楼閣は取り壊された。城門は膳所神社（本丸大手門）、篠津神社（北大手門）、鞭崎神社（南大手門）に現存しており、それぞれ国の重要文化財に指定されている。前項の芭蕉会館も本丸東正面の二重櫓だったそうだ。現在、本丸跡は、膳所城跡公園として整備され、春には桜の名所として花見

膳所城跡公園の句碑

客を多く集めている。城門を入って左手の方に進む。湖岸近くに近江大橋を背景にして、句碑87「湖や」が大津市の創生事業で平成五年（一九九三）四月に建てられている。

**御殿浜湖岸　大津市御殿浜**

湖岸道路を膳所公園から石山の方へ向かうと、右に琵琶湖中央病院が見える。その湖岸側に建っている。句碑21①「四方よ利」の末尾は「に不の波」である。

### 戒林庵(かいりん)　大津市中庄(なかしょう)一丁目一九—二五

御殿浜の碑から六十メートルほど、膳所公園の方に戻ると、中庄一丁目の信号がある。そこを琵琶湖と反対側に曲がり、百二十メートルほど行くと、右手に戒林庵がある。芭蕉は洒堂(しゃどう)（珍碩(ちんせき)）の家へ来て『洒落堂記』を書いている。その旧跡がこの戒琳庵だという。門をくぐって少し左手に、句碑96①「木のもとに」が建っている。

### 菅沼曲翠(すがぬまきょくすい)邸址碑　大津市中庄一丁目五

戒琳庵から琵琶湖と反対に三十メートル進むと、旧道がある。南へ五十メートル行くと、寺があり、その手前を西へ曲がり三十メートル左側に菅沼曲翠邸址碑がある。芭蕉の信頼すべき門人であった曲翠は、享保二年（一七一七）に膳所藩の家老の悪政を止めるべく行動し、責任を取って自刃(じじん)した。邸址碑は昭和四十四年（一九六九）七月に建立された。高さは百十センチ、「菅沼曲翠邸址」と刻まれている。曲翠は膳所藩の反逆者扱いされていたが、後に義仲寺の右奥に墓が建てられた（227頁参照）。名誉回復をはかろうとされたと思われる。

戒琳庵山門

菅沼曲翠邸址碑

# 石山付近

## 別保（べっぽ）の幻住庵　大津市別保二丁目五—四五　電話〇七七—五三七—一九六一　要予約

少しややこしいのであるが、幻住庵とされるものが、国分（こくぶ）と別保に現在も残っている。なぜ二つあるかというと、菅沼曲翠（きょくすい）は元禄三年（一六九〇）膳所（ぜぜ）をおとずれた芭蕉に国分山の伯父定知（さだとも）の住んでいた幻住庵を提供した。芭蕉が死んで二年後の、元禄九年（一六九六）に曲翠が膳所の中庄に幻住庵を移築した。つまり、国分には幻住庵がなくなったということである。さらに宝永二年（一七〇五）に別保に移築し俳諧道場としたのが、別保の幻住庵である。享保二年（一七一七）曲翠が不正を働く家老曽我権太夫を槍で一突きにして殺害し、自らもその際に切腹した後道場はすたれ、曲翠没後四十六年目（一七六三）に、彼の娘の尼僧が寺を開き、幻住庵の名称を引き継ぎ、今日まで尼寺として続いている。

芭蕉と曲翠の位牌、幻住庵の古額、芭蕉の木像等が残されているので、訪ねてみた。親切な尼僧が「しばらく空き寺になっていて、最近私がここへ来ました。額はありますが、二つあっ

別保の幻住庵の門

て、聞くところによると本物（きれいな方）が傷むので、こちら（古い方）を掛けていたとか」と言われる。調べてみると竹内将人著『芭蕉と幻住庵』に、「幻住庵の額は、寂源僧正の揮毫したもので、現在別保の幻住庵に秘蔵されていて、幅三十一糎、長さ六十三糎、板の厚さ三糎、材は松らしいが腐蝕甚しくて軽い。別に幻住庵には、明和元年（一七六四）八月膳所藩主本多康桓が、古額を模して寄進したものがある」とその形状や「一如子印」と彫ってあるのまでくわしく記されている。早速、別保の幻住庵にコピーを送付した。このことは、没後三百年から、しばらく途絶えており、本書『近江の芭蕉』で書き留めておきたいという私の気持ちをさらに強くさせた。

　年号から推察すると、娘の尼僧が幻住庵で寺を開いた頃に、

寂源僧止揮毫の額

別保の幻住庵現在の額

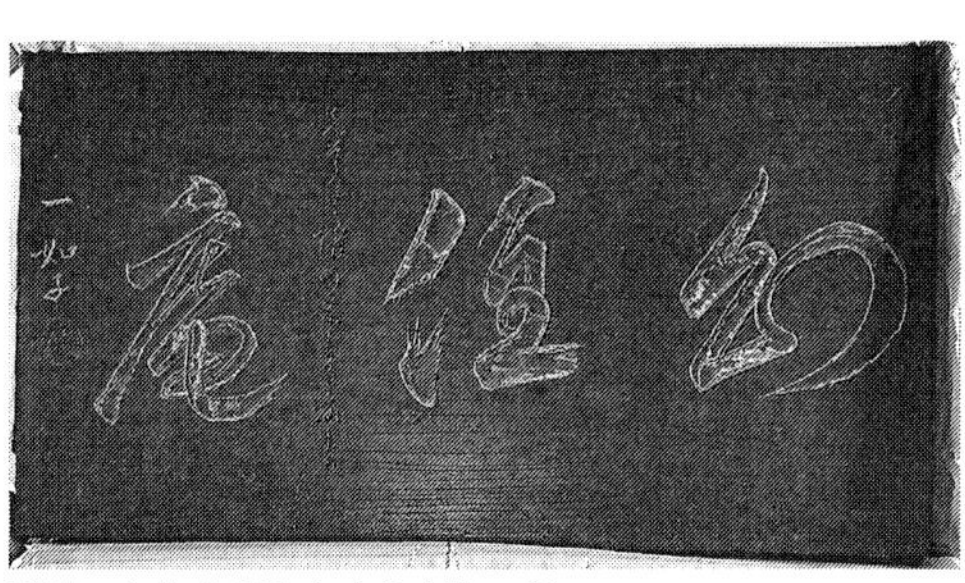

別保の幻住庵明和本多公寄進の額

膳所藩主が作らせたことになる。曲翠は膳所藩のために自決したのであるから、膳所藩主が幻住庵の古額を大切にしようとしたところに、芭蕉や曲翠を思う気持ちが現れていて、曲翠の名誉を回復しようとしたのではないだろうか。

本堂左奥には芭蕉の像、その前に芭蕉翁と曲翠の霊碑、古文書等が保存されている。一般に公開されているものではないので、予約が必要。

曲翠位牌

芭蕉位牌

## 国分の幻住庵　大津市国分二丁目　電話〇七七―五三三―三七六〇

JR琵琶湖線石山駅からバス十分

国分の幻住庵は、新しい境地を模索した『おくのほそ道』の旅を終え、義仲寺で生活していた芭蕉が俗世間を逃れて静かに住めるようにと、芭蕉の門人であった菅沼曲翠が伯父定知（さだとも）の旧庵に手を加えて、提供した住まいである。元禄三年（一六九〇）四月から七月まで百日余り滞在した。芭蕉は、ここからの眺望やここでの生活を心から愛し『幻住庵記（げんじゅうあんのき）』（234頁参照）を執筆した。幻住庵の名は、曲翠の伯父幻住老人の名に由来している。

先に述べたように、芭蕉没後元禄九年（一六九六）に菅沼曲翠が膳所の中庄（なかしょう）に移築した。さらに、宝永二年（一七〇五）に彼が上別保に移築し俳諧道場としたのが、前項の別保の幻住庵である。

国分の幻住庵は、昭和八年（一九三三）地元にて幻住庵保勝会が発足し、昭和十年（一九三五）四月に神戸の実業家と幻住庵保勝会が、幻住庵の旧跡より一段高い、現在の「幻住庵記碑」の右側辺りの参道からスロープを登る途中に茶室風の建物を再建したことに始まる。時が移り老朽化したため平成三年（一九九一）に大津市が、「ふるさと吟遊芭蕉の里事業」として昭和十年に建立された幻住庵より上の山をつぶして復元再興し、駐車場から幻住庵に至る登り道も整備した。

国分の幻住庵の門

幻住庵跡碑

新しい住宅の建つ山麓に車をとめ、「せせらぎ散策路」をのぼる。右左に句碑が建つ。近江で詠んだ句碑1①「山路来て」はカラー版のすみれ草と共に見ることが出来る。句碑81「たふとがる」は紅葉が配されている。カラーの絵が付いているのは、近江でここだけである。左右の句碑を眺めながら、木漏れ日に心躍らせ坂を登ると『幻住庵記』に「谷の清水を汲みて」とある「とくとく

句碑・幻住庵旧蹟碑・経塚

国分の幻住庵

の清水」に至る。

坂をのぼり切ると、碑が三基迎えてくれる。一番右が「芭蕉翁　経塚」。高さ百センチ、幅七十センチ。これは僧蝶夢（ちょうむ）の門人が施主となり、翁のために一石一字の法華経を書写して、安永九年（一七八〇）に建立した。真ん中は芭蕉の七十九回忌に当たる明和九年（一七七二）十月十二日に僧蝶夢が建てた「幻住庵跡」の石柱碑。左は天保十四年（一八四三）に国分泉福寺住職が芭蕉百五十年忌に建てた句碑25①「先たのむ」である。その後ろ芭蕉が実際に住んでいた幻住庵の跡と思われるところに、昭和五年（一九三〇）に「滋賀県保勝会」が「幻住庵跡」碑を建てている。

幻住庵の階段下には『幻住庵記』の碑がある。二メートル近くもある立派なものである（235頁参照）。その上に、平成三年（一九九一）建立の国分の幻住庵がある。滋賀県にも大きな被害を残した平成二十五年（二〇一三）台風のための修復工事が実施され、一時閉館されていた。室内には昭和期の国分の幻住庵の写真や木彫りの芭蕉像などがある。

## 幻住庵保勝会の活動

昭和十年（一九三五）に昭和の国分の幻住庵が建設される前後から、毎年幻住庵芭蕉祭（十月第一日曜）及び句会を開催し、平成二十六年（二〇一四）で第八十回となる。

また、今の幻住庵が建立された三年後の平成六年（一九九四）から、年四季に分け、俳句を募集し「幻住庵俳句コンクール」として実施している。投句箱を石山駅・晴嵐支所・石山寺・国分の幻住庵の四ヶ所に設置。三ヶ月に一度、二百〜三百句ほどの応募があり、五名の選者が特選・入選・佳作を選び、運営事務局が冊子にして配布している。それらの中から特に優秀な句を五点選び、年に一度の、「幻住庵芭蕉祭」で表彰する。俳句に親しみをもち地域の伝統文化を継承してもらおうと、地元の小学校六年生には芭蕉三百年忌の平成六年（一九九四）以降から、地元の中学校には六年前から応募を促している。

幻住庵芭蕉祭式典の様子

幻住庵芭蕉祭

幻住庵芭蕉祭が行われる近津尾神社

幻住庵芭蕉祭玉串奉奠

## 幻住庵芭蕉祭

平成二十六年（二〇一四）十月五日の祭りに参列した。台風がまもなく来るという朝であった。近津尾神社の拝殿の前に、右は来賓、左は俳句の表彰者のテントが張られている。午前十時半に始まり、拝殿で笛が演奏される中、宮司が修祓（しゅばつ）をし、手渡しで何種類もの供物を供え、献花・献茶する。宮司が祝詞を奏上する。「昭和十年より今年で八十回～」。その後大津市長・県会議員・大津市議会議長・保勝会・学区の保幼小中の関係者等十二団体の代表が玉串を奉納する。さらに、保勝会の会長が『幻住庵記』を読み上げる。献句を朗詠する。最後に一年間の俳句投句者の中から、優秀であったものを、一般の部と少年の部に分けて表彰する。最優秀には大津市長賞が贈られ、市あげての取り組みとわかる。来賓挨拶等があり、終了する。保勝会の皆様がたくさん応援してこられ、八十年もの間、形は時代と共にかわっただろうが、今なお続けられていることに、敬意を表したい。

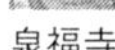

伝　芭蕉硯

泉福寺

## 泉福寺　大津市国分一丁目一七—二六

電話〇七七—五三七—一三四一　要予約

前項の国分の幻住庵で述べたように、幻住庵にある句碑25①「先たのむ」は泉福寺住職恵性が天保十四年（一八四三）閏九月に建立し、芭蕉の百五十回遠忌を営んだ。翌十月十二日の芭蕉の命日に、翁の百五十回忌の追悼俳諧を興行した。丸山弘著『幻住庵の記を歩く』（幻住庵保勝会発行）によると、「近江国内はもちろん、遠方からも多くの人が馳せつけて参加したようで、出席者の名簿に薩摩から来た人の名前が見られる。そのとき、献句を書いた板の短冊が多く残され、また石山寺に奉納された句集の控えや、書簡などが同寺に保存されている」とある。

さらに、芭蕉翁遺愛のものといわれる硯がある。住職の母上は「芭蕉さんが幻住庵を引き払ったときに餞別にもらったとか聞いている」と言われた。硯の材質は赤間石で、硯は、桃山時代の蒔絵を代表する様式で、秋草・

石山寺山門

芭蕉像

菊桐文様を多く用いる高台寺蒔絵の香盆に入っている。

もう一つ、篤志家から寄贈された芭蕉像があり、台座に芭蕉の葉が描かれている。（円山）応挙筆と読める。「以前、大津市歴史博物館が像を借り出された時に、応挙かもと言われていた」とのことであった。原則としては非公開であるが、取材ということで特別に許可を得て拝見できたのは誠にありがたいことであった。

**石山寺　大津市石山寺一丁目一―一**
**電話〇七七―五三七―〇〇一三**
**京阪電鉄石山坂本線石山寺駅から徒歩十分**

石山寺の駐車場から山門の方向へ進むと左手の植え込みの中に、句碑50「石山能(の)」が立っている。さらに進むと、東大寺大仏造立のための黄金が不足し、愁(うれ)えた聖武天皇が、ここに伽藍を建てるようにと夢のお告げを受け、良弁(ろうべん)僧正を開基として開かれた石山寺の東大門に着く。この門は建久元年（一一九〇年）に源頼朝の寄進により建てられたとされる。

石山寺は奈良時代から観音の霊地とされ、平安時代になって観音信仰が盛んになると、朝廷や摂関貴族と結びついて高い地位を占めるとともに、多くの庶民の崇敬をも集めた。その後も、源頼朝、足利尊氏、淀殿などの後援を受け、西国三十三所観音霊場として参詣者が絶えない。本尊の秘仏如意輪観音像は、安産、厄除け、縁結び、福徳などに霊験あらたかな仏さまとして信仰を集めている。

本堂から右へ曲がり多宝塔に向かう途中左側に、円柱の句碑24「曙は」がある。さらにその上に上ると、源頼朝の寄進で建久五年（一一九四）に建立された日本最古の多宝塔があり、月見亭の手前に芭蕉ゆかりの茶室芭蕉庵があるが、非公開である。後白河上皇の行幸に際して建てられたという月見亭からははるかに琵琶湖を望みながら瀬田川の美しい風景を楽しむことができる。また、左上の坂の途中にある豊浄殿では、毎年春と秋に「石山寺と紫式部展」が開催されている。

芭蕉庵横より桜を望む

芭蕉庵

## 唐橋公園　大津市瀬田一丁目二七

近江八景の一つ「瀬田の夕照」の主題である「瀬田唐橋」は、別名「瀬田橋」や「長橋」とも呼ばれ「唐橋を制するものは天下を制する」と言われ、古来、京都ののど元を握る交通・軍事の要衝として重視された。戦の歴史舞台として、大津京が幻の都となった大友皇子と大海人皇子の「壬申の乱」（六七二）、源平合戦の治承四年（一一八〇）源頼朝の挙兵から、寿永四年（一一八五）平氏一門が壇ノ浦で滅亡するまでの「治承寿永の乱」など、幾多の戦乱の舞台ともなった。

織田信長の瀬田橋の架け替えは、比叡山焼き討ちの四年後、天正三年（一五七五）に諸国の道路修理を命じ、関税を免除するとともに、近江の朽木などから木材を調達し、長さ百八十間（約三百五十メートル）、幅四間（約七メートル）の一本橋をわずか三ヶ月という突貫工事で架け替えさせたといわれている。

木造だった唐橋は、大正十三年（一九二四）の架け替え

瀬田の唐橋

俵藤太のパネル絵付近

で、初めてコンクリート橋となった。高欄も鉄製となり「木造色」をイメージするクリーム色に塗られた。昭和五十四年（一九七九）に架け替えられ、中州をはさんだ大橋と小橋を終日多くの人と車が行き交う。この橋の瀬田側に唐橋公園があり、そこに句碑６「五月雨に」がある。

　また、下流側の川岸にタイルで俵藤太（藤原秀郷）が描かれ、平成九年（一九九七）建立の「俵藤太百足退治伝承の地」の碑やその左にある雲住寺には藤太に退治されたムカデの供養堂があり、ムカデ退治の縁起を刻んだ版木、藤太ゆかりの太刀の鍔や蕪矢などが伝えられている。反対側の中ノ島の下流側の小高い丘の上の俵藤太秀郷の陶製（信楽焼）の像は昭和五十四年（一九七九）橋の架け替え完成を記念して建立された。芭蕉像はＪＲ石山駅・京阪石山駅の改札を出たところにあり、説明パネルも設置されている。

石山駅前の芭蕉像

俵藤太の像

# 湖南市

## 真明寺（しんみょうじ）

湖南市石部（いしべ）西二丁目五―二三　電話〇七四八―七七―三三九二
ＪＲ草津線石部駅から徒歩十二分　要予約

国道一号石部口から南へ、八百メートルほど進むと旧東海道に交わる。その角には「道の辺広場」と名付けられた小さな公園がある。昔の面影を色濃く残す石部の落ち着いた町並みをいつまでも保存しようという目的でつくられ、散歩の途中に立ち寄って休憩できる憩いの広場となっている。壁面には、石部の歴史的遺産・長寿寺と常楽寺、歌川広重が描いた東海道五十三次石部宿の版画が、三つの平石に彫刻されている。一番左の壁面に、句3「都（つ）つじいけて」が左から彫られている。句碑の数には入れていない。

昔、石部宿は「京立ち石部泊り」と言われ、京都を出て一日の行程にあり、天保十四年（一八四三）には、宿場内に、本陣二軒（小島本陣、三大寺本陣）、旅籠（はたご）三十二軒を含む四百五十八軒が街道の両脇約一・六キロにわたって建

道の辺広場

ち並んでおり、宿役人の詰める問屋場と高札場が道の辺広場にあった。

曲がらずまっすぐ南へ進むと雨山資料館に続く。東海道五十三次図をはじめ、大名の網代駕籠（あじろかご）や関札、宿帳など宿場町の歴史資料を展示している。幕府直轄であった小島本陣が絵図などを手がかりに二十分の一の模型で復元されている。また、旅籠、茶店、商家など江戸時代の石部宿の様子を再現した「石部宿場の里」が隣接している。

道の辺広場の句碑

道の辺広場から西へ七十メートルほど進むと、右手に三大寺本陣跡のステンレス看板がある。さらに、七十メートルほど先左手に小島本陣跡がある。そして二百五十メートル先左手に真明寺の石標があり、細い参道の奥に寺が見え、山門を入って左手に句碑3「都つじいけ亭（て）」がある。

また、「芭蕉桃青法師」（桃青（とうせい）は芭蕉の俳号の一つ）と彫られた位牌（高さ五十四・五センチ、幅十センチ）も寺にある。裏面に芭蕉の出身等説明がされ、「元禄七歳甲戌十月十二日　寂於大坂　年五十有二」と死去した日等が記されている。その後に「寛政八年丙辰秋七月　造立石碑於青木山真明寺境収月供及地面料　施主　石部躑躅社中」と木碑に刻まれている。

寛政八年（一七九六）、芭蕉没後百年を記念して、石部躑躅（つつじ）社中が作成した。社中名は石部で詠んだ句にちなんでつけたのだろうと推測される。寛政年間に俳句が石部で盛んに行われ、文化的素養も高かったのではないかと思われる。『淡海（おうみ）の芭蕉句碑』の乾憲雄（いぬいのりお）先生は前住職とも親しく、句碑説明の項に「句碑を建て、位牌を供え、しかもその上、地面料として布施しておくとは、なんと主催者の尊いこころがけであろうか」と記している。今回句碑を五十九碑紹介するが、地面料を払ったという証がわかったのはここだけである。

　芭蕉と縁があったこの寺に、地元の方が最近刻んだ芭蕉像（高さ四十七・二センチ、幅十五センチ、厚さ十五センチ）を寄贈された。位牌と並べて本堂に安置してある。実におだやかな優しい顔をしておられる。なお、見学の場合は予約が望ましい。

芭蕉像

芭蕉位牌（裏面）

芭蕉位牌（表面）

## 広野川　ほほえみの水辺　湖南市柑子袋（こうじぶくろ）

国道一号柑子袋西の信号を南へ入る。草津線を越えて八百五十メートルほどで突き当たる。

岩根小学校前の句碑

ほほえみの水辺

右に曲がるとすぐに落合川があり、その手前を左にとる。川沿いを四百メートルほど行くと右手に「広野川　ほほえみの水辺」と表示されている公園がある。句碑1②「山路来て」が阿星山（あぼしやま）を背にして立っている。旧甲西町の生活環境課が公園を整備した時、水辺の入口に立っている写真が残っている。その後、現在の場所に移動した。

**岩根小学校前**　**湖南市岩根**

栗東（りっとう）水口道路と平行に走る県道二十七号岩根花園信号から東三百メートル先に岩根小学校がある。川沿いに道に向かって句碑4「菜畠耳（に）」が建っている。

**園養寺（おんようじ）**　**湖南市三雲十一　ＪＲ草津線三雲駅から徒歩二十分**

ＪＲ三雲駅から草津線に沿った道を一・五キロほど走ると右手の高台に寺がある。線路をまたいで石段を百段ほど上る。平安時代、最澄開基の天台宗寺院。平和の使者ともいうべき牛を祀っているこの寺を「牛の寺」と呼んでいる。

山門を入ると、右手に牛の像があり、その左のサツキの植え込みの中に句碑96②「木乃毛登尓（のもとに）」がある。サツキが大きいので、埋もれていて見落としやすい。

湖南市の四基の説明板を平成躑躅（つつじ）社中が平成二十七年（二〇一五）に建てたことは前にも述べた。

## 甲賀市（こうかし）

### 大岡寺（だいこうじ）　甲賀市水口町（みなくちちょう）京町一―三〇

電話〇七四八―六二―三八七二

近江鉄道水口駅の南約六百メートル、古城山（こじょうざん）の南麓にある天台宗の寺院。旧東海道から見ると、石段が延びる上に本堂が、山を背にして古寺らしい姿を見せている。老樹の茂る境内には、庫裏（くり）・客殿・山門などが見られる。この寺には、鴨長明や一条兼良（いちじょうかねよし）も宿泊したといわれ、水口で旧友と再会したときに詠んだといわれる句碑5「い

大岡寺山門

句碑横の牛像

の知婦多川（ちふたつ）」は、芭蕉の足跡を水口に見る唯一の資料となっている。句にあるように寺の付近は「大岡寺の桜」として名高い桜の名所になっている。

## 息障寺（そくしょうじ）　甲賀市甲南町杉谷三七七四

山の中の非常にわかりにくいところに、寺がある。県道四号矢川橋東の信号を県道四十九号に入り、一キロほど行くと甲南町杉谷の信号に出る。さらにまっすぐ六百メートル行くと杉谷南の信号で広域農道と交差する。名称は県道百三十二号になるまっすぐの道を八百メートル行くと、左手に新名神高速道路の高架下に出てくる。高速道路をくぐり、百三十二号を四キロほど行くと甲南岩尾キャンプ場がある。池を二つ左に見て、一・五キロほど進むと、右手に岩尾山周辺観光案内図がある。その先に「天台宗　岩尾山　息障寺」と彫られた大きな石碑がある。碑を左に見て六百メートルほど登っていく右手に句碑22③「行春を」が彫られているはずの大岩がある。説明碑等があるので、やっとわ

岩尾山周辺観光案内図

息障寺道標

常明寺前の石碑

常明寺

かる。寺はその上にある。

**常明寺**　**甲賀市土山町南土山五三一**　**電話〇七四八―六六―〇〇三〇**

国道一号南土山の信号から旧東海道へ入り、四百メートルほど東へ行くと、南へ入るようにとの寺への表示がある。間もなく、寺の大きな木が見えてくる。臨済宗東福寺派。奈良時代中期に創建された臨済宗の禅刹で、貞和五年（一三四九）に京都の鈍翁了愚禅師が再興した。このとき移植した茶種が土山茶の始まりと伝えられている。

寺前に案内板が二つある。一つは「森鷗外と常明寺」で、鷗外の祖父は津和野藩主の参勤交代の際、発病し、土山で病死し、遺体は常明寺の墓地に葬られた。鷗外は明治三十三年上京の途中当寺に立ち寄った。その記録が土山本陣の宿帳に残っている。昭和二十八年（一九五三）墓を津和野に移したが、昭和六十三年（一九八八）鷗外の子孫により供養塔が境内に建立された。二つ目は「禅俳僧虚白住寺跡」で、虚白は少年時代当寺で過ごした後、京都で芭蕉堂を営む高桑蘭更の門人となり、桜井梅室らと交流した。文化四年（一八〇七）当寺十五代住持職となり、寺門の興隆に力を注ぐかたわら、俳人として活動した。句碑94①「左み多れに」は山門入って右手にあり、梅室の手になる。友人の桜井梅室に書いてもらったということがわかる。

近くには土山宿本陣跡・東海道伝馬館・垂水斎王頓宮跡など見所が多いので、見学されるとよい。

**仙禅寺（岩谷観音）　甲賀市信楽町上朝宮**

水口方面から国道三〇七号を走り、信楽町中野の信号から二・五キロほど行くと右斜めに平行に走っている旧道に入る。九百メートルほど行くと「岩谷観音」の道標がある。道標に従って北へ細い道を一キロほど上ると右手に岩谷山仙禅寺がある。説明板によると、「養老七年（七二三）に創建、山城鷲峰山寺の別院として、僧房五宇を有して栄えたといわれる。暦応（南北朝時代）、文明（戦国時代）二回

仙禅寺登り口

岩谷観音磨崖仏

の兵火にあい焼失し、その後岩上に小堂を構え、本尊十一面観音（秘仏）を安置している。観音堂の床下、右の三メートルあまりの巨岩には、三尊形式の魔崖仏が浮き彫りされており、中央に高さ八十センチの薬師如来像が彫られ、左の脇像の下に『建長元年、十一月八日…』と陰刻されている」とある。しかしながら、風化がはげしく、よくわからない。狛坂の魔崖仏（栗東市）にしろ、よくぞこんなところにという場所に我々の先祖が彫ったものだと今更ながらに驚きを覚える。

石段の傍らに、左から「朝宮茶発祥の地之碑」「岩谷山仙禅寺」「芭蕉句碑」が並ぶ。句碑99①「木かくれて」がある。この道をさらに行くと、畑のしだれ桜へと続く。

## 大谷宅　甲賀市信楽町宮尻

国道三〇七号に戻り、下朝宮を越えると、国道四二二号との分岐に出る。四二二号を一・四キロほど行くと、北側に旧道がある。旧道に入り、宮尻橋の手前を右に入ると一番奥の家が大谷宅である。門の入口の角柱に「天然記念物

朝宮茶樹の碑

大宮神社

朝宮茶樹」裏面には「滋賀県保勝会　大正十一年九月」と記されている。門の奥に句碑99②「木加久れて」がある。由来は「かたぎ古香園」の片木明氏の説明によると、「宮尻には伊賀の松尾家と親戚であった片木藤兵衛がいた。芭蕉が伊賀から大津へ行く時、藤兵衛宅で休憩したり、宿泊したりした。以前、新墓（＝大宮神社から四二二号に出る出口付近）といわれるところに灯籠と地蔵堂があった。地蔵堂に貼られていた紙に『木かくれて』の句が書かれていた。それを見た石屋（名前未詳）が在所（信楽）の石に句を彫った。その後、大宮神社に移され、地蔵堂、句碑、灯籠と並んでいた。句碑が荒れかけていたので、天然記念物の茶樹もある大谷宅にあるのがよかろうということで、現在大谷宅の庭にある」と言う。片木明氏は藤兵衛から六代目の子孫である。

　大谷宅から宮尻橋まで戻り右に曲がり、旧道を六百メートルほど行くと大宮神社が右手にある。境内には幹が両手を広げるぐらいの杉の巨木が見られる。以前は入ってすぐの左手の地蔵堂と灯籠の間に句碑が建立されていたとのことである。なるほど、ここにあった

大宮神社地蔵堂

大宮神社灯籠

片木藤兵衛宅跡碑

「芭蕉　ゆかりの郷」碑

のかと思える空間があった。

## 芭蕉　ゆかりの郷　甲賀市信楽町宮尻　美谷（びったに）橋横

大宮神社から、五百メートルほど行くと、国道四二二号に出る。右に曲がって大津方面に向かう。さらに、句碑99③「木加久（かく）れて」は、美谷橋を越えた左手に「芭蕉　ゆかりの郷」と表示されたところにある。国道四二二号の拡幅工事に伴って、平成十六年三月建立された。前の碑が山の中や個人宅で見つけにくいところにあるのに比べて、国道沿いにあってわかりやすい。

また、モニュメントのある場所から百メートルほど南の山手へ入ると、「藤兵衛屋敷跡　宮尻」の看板が見られる。宮尻の方々が芭蕉と藤兵衛の関係を大事にしているのがよくわかる。藤兵衛の子孫の方の案内がなければ行き着けないところであった。

# 長浜市

## 高月観音堂（大円寺（だいえんじ））　長浜市高月町（たかつきちょう）高月四

**ＪＲ北陸線高月駅から南へ徒歩五分**

国道八号高月の信号を東に入り、ＪＲを越えると、高月観音堂（大円寺）がある。前庭に句碑81①「たふ登（と）がる」と「郷土の義人　前田俊蔵」の石標、その碑文、碑文解説説明板の三つが並んでいる。明治十六年（一八八三）の大旱魃（かんばつ）の際に残る実話で、日照りに頭を悩ませた高月のお百姓前田俊蔵は、岐阜県は夜叉ヶ池（やしゃがいけ）へ雨乞いに行った。俊蔵は、夜叉の大蛇に、自分の命と引き換えに雨を降らせてくれと祈ったら、たちまち雨が降った。池の神様との約束を守り、二十八歳で自決した。俊蔵の思いを忘れないよう、地元では俊蔵の石碑を立て、郷土の義人として顕彰した。さらに乾憲雄（いぬいのりお）著『淡海（おうみ）の芭蕉句碑』の上巻、俊蔵の話に「区民は感じて、義仲寺の

郷土の義人碑

大圓寺

寺崎方堂師に依頼して、芭蕉の句からこの句を選んで書いてもらい」とある。俊蔵の碑が先に建立され、その後芭蕉の句碑が大津市秋葉台の芭蕉会館前の「芭蕉道統歴代句碑」に十八世寺崎方堂と刻まれている方が近江神宮の句碑と共に揮毫（きごう）されたとわかる。何か別の碑があり、その後芭蕉の句碑が建立されたというめずらしい例である。

**酢区会館**　**長浜市酢一五七**

国道八号酢の信号から東へ七百メートルほど行くと、左手に会館があり、前庭に句碑22④「ゆく春を」がある。元は姉川の河原に建立されていたそうだ。

**今町（いまちょう）**　**長浜市今町**

県道五一〇号国友町の信号から東へ九百メートルほど行くと右手に八阪神社の方へ進む道がある。神社を越えて百メートルほど行くと十字路になっていて、そこを東にとる。二百

八阪神社

今町の句碑

メートルほど先の水路の横に句碑12「夕顔や」がある。非常に特定しにくい場所にある。伊吹山がとてもよく見える。

**長浜八幡宮　長浜市宮前町一三―五五　電話〇七四九―六二―〇四八一**

延久元年（一〇六九）、源義家が後三条天皇の勅願を受け、京都の石清水八幡宮より御分霊を迎えて鎮座した。天正二年（一五七四）羽柴秀吉が長浜城主となり、その大社の荒廃を惜しみ、社殿の修理造営し再興した。この史実は、長浜曳山まつりの起源とも言われ、四月十四日から十六日に行なわれる長浜曳山まつりは、国の重要無形民俗文化財に指定され、毎年全国から数万人の観光客を集めている。

鳥居をくぐって長い参道を行くと、中ほどに「左芭蕉句碑」という木の立て札がある。句碑97①「をりをり尓」である。また、本殿横の手水所に光が都合良く差し

長浜八幡宮参道

今町句碑の裏面

込むところが絵になると、同行のカメラマン中川仁太郎氏に教えていただいた。記録用の写真と芸術的な写真の違いである。今回の撮影に際して、ほとんど中川氏の手を煩わせた上、私自身では気付かない、写真家ならではの視点を学ばせてもらった。

**良疇寺**　**長浜市下浜坂町八六　電話〇七四九—六二—一七七〇**

琵琶湖の畔にある平安山良疇寺には、高さ二十八メートルの巨大なびわこ大仏がそびえ立ち、西方浄土から阿弥陀如来が来迎してくる雰囲気を感じる。初代の大仏は昭和十二年（一九三七）に建立され、現在の二代目の大仏は平成六年（一九九四）に完成した。初代は解体された後、その残骸は境内に埋められ、供養塔が建っている。句碑22④「四方与里」が本堂の前庭に句碑がある。

長浜八幡宮本殿横の手水所

## 米原市

### 柏原中学校東　米原市清滝

長浜城辺りで、米原市から連絡をもらって、急遽取材に訪れた。国道八号西円寺の信号から東へ十キロほどで、国道二一号津島神社前の信号がある。北へ曲がり、まっすぐ五百メートル行くと、柏原中学校に突き当たる。左手五百メートルで十字路に出る。右側に柏原中学の校舎が見える。句碑97③「をり〳〵に」がある。

碑裏面。向こうに柏原中学校

## 彦根市

### 長純寺　彦根市佐和町五―四九

電話〇七四九―二二―三三八八

森川許六の墓があるというので、寄ってみた。非常にわかりにくく、カーナビでもよくわからない。彦根

長純寺入口の案内碑

市民会館で、地図を見てくわしく教えてもらった。しかし、それでもよくわからず、宅配の人に聞いたりした。彦根市民会館から彦根駅に向かい、四十メートル行くと一つ目の角を南へ曲がる。百メートル行くと、左手に純正寺がある。そこを左に曲がり、二百メートル行くと、やっとたどりつけた。わかりにくいはずである、寺とおぼしき建物ではなかった。入口に石標で「森川許六之墓」とあった。門人の墓だからやめようかとあきらめかけたくらいである。「五老井（ごろうせい）　森川許六之墓」の石標が右に、許六の墓と森川家の墓が並んで建っている。「五老井」については次の次に記載する。

**原八幡神社　彦根市原町三六〇**

国道八号外町（とまち）の信号から国道三〇六号に入り、七百メートル行くと左側に原八幡神社見える。参道を進み、つきあたって右に入ると、左側に三基の石碑の並ぶ木立がある。一番右が昼寝塚である。三基のうちで、一番小さい。表に昼寝塚と彫られ、裏に句碑14②「ひるかほ尓（に）」が刻まれている。

原八幡宮鳥居

白髪塚（中）と昼寝塚（右）

隣に祇川居士の白髪塚がある。裏に「恥ながら残す白髪や秋の風」と彫られ、説明に「聖徳太子と守屋との戦い等、幾多の戦の将士達をあわれみ蕉門四世・祇川居士（陸奥の人）で芭蕉の門人が師の夏の句に対し秋を詠んだ句と思われる」とある。

東山霊園五老井址と許六句碑

## 原東山霊園管理棟裏　森川許六句碑

**彦根市原町四七―一**

森川許六が晩年を過ごした彦根郊外原村の五老井庵のあった東山霊園の管理棟の庭を訪ねた。これも非常にわかりにくかった。原八幡神社から、東へ百（メートル）進むと突き当たる。さらに北へ百（メートル）ほど行くと東に曲がる道がある。名神高速道路の高架下をくぐり、百（メートル）ほど行くと、左手に墓地に全くそぐわない日本家屋が見える。そこが管理棟で、奥の庭の「五老井」の井戸とおぼしき所に、屋根のような蓋がかぶせてあった。その奥に許六の碑があり、案内板に「水すじを尋ねてみれば柳かな　水すじとは近くに流れる『いざや川』を詠ったものです。許六は江戸時代の彦根藩士で芭蕉の弟子となる。名残りの井戸の脇に句碑がある」とあった。

床の山付近

明照寺山門

芭蕉の笠塚（左）と李由句碑（右）

## 床の山　彦根市大堀町信号横

国道八号旭橋の信号から東に四百メートルほどで、大堀町の信号がある。その手前右角に「中山道旧跡　床の山」の石標があり、その側面に句碑14①「ひるがほに」が刻まれている。

## 明照寺（めんしょうじ）　彦根市平田町七四四　電話〇七四九—二二—一七七六

国道八号高宮町の信号から西へ入り、JRを越えて二キロ行き、戸賀町信号を北へ百メートルほど進むと最初の四つ角がある。東へ進み、左手に寺を見ながら、二百四十メートル先を北へ曲がる。五十メートル進むと左手先に寺の山門が見えてくる。山門前に句碑80「百歳能（の）」が右側に、左側に「芭蕉翁　笠塚／李由　句碑」の石標がある。笠塚と李由（りゆう）の句碑は本堂の裏庭の木立の中に立っている。右に李由の「乞食（こつじき）の事いふて　寝る夜の雪」の高さ

多賀大社一の鳥居

笠砂苑

百七十㌢、幅九十㌢、厚さ十五㌢の碑がある。その左に、芭蕉死去後、渋笠を形見にもらい受け、明照寺境内に埋め碑を築いたという笠塚がある。高さ八十㌢、幅四十七㌢。木の下に涼しげに並んで建っている。

**高宮神社　彦根市高宮町一八七六　電話〇七四九―二二―二二八四**

国道八号高宮町南の信号から東へ入る。四百㍍ほど進むと多賀大社一の鳥居のある、高宮鳥居前の信号がある。北へ曲がり、百㍍ほど行くと、左手に高宮神社参道が見えてくる。山門手前右の笠砂苑の奥に句碑97②「を里（り）〳〵に」がある。石山寺・国分（こくぶ）の幻住庵・土山の常明寺でも見られた桜井梅室が書いている。また左に、鎌倉後期の公卿藤原（ふじわらの）兼仲（かねなか）（一二四四～一三〇八）の「高宮の宮人いかにかざすらん　まづ咲く梅の花をたづねて」の碑がある。

**江左（えさ）尚白（しょうはく）句碑　彦根市高宮町　多賀大社一の鳥居前**

多賀大社の一の鳥居まで戻ると、尚白（しょうはく）の『猿蓑（さるみの）』に掲載された「みちばたの多賀の鳥居の寒さかな」の碑がある。なるほど、句の内容にふさわしい場所に建っている。

### 紙子塚（かみこ）　小林邸　彦根市高宮町一九八二

尚白の碑を左に見て、南へまっすぐ六十メートルほど進むと、右手に小林邸がある。現在は住んでおられないので、非公開である。家の前に「俳聖芭蕉翁旧跡紙子塚」と刻んだ碑がある。高さ百四十センチ、幅三十センチ。昭和五十五年（一九八〇）四月八日に小林家の十三代が建てられた。

乾憲雄著『淡海の芭蕉句碑』上巻には「縁あって高宮の小林邸へ泊まられたという。その時（中略）小林家では芭蕉の召されていた古いほこりにまみれた紙子のかわり、新たに紙子羽織を新調して芭蕉へ送った。その後、庭に塚を作り、古いものを収めて、『紙子塚』と称したという」とあり、乾氏はこの塚をご覧になったそうだ。私は残念ながら見られなかった。

紙子塚

紙子塚小林邸

# Ⅳ　近江の門人たち

近江蕉門(しょうもん)は、近江における芭蕉の門人グループのこと。膳所(ぜぜ)藩士の菅沼曲翠(きょくすい)など武士階級を初め僧侶、商人、医師、農民まで幅広くの人が集った。堅田(かたた)・大津・義仲寺(じ)・膳所・彦根に分けて説明する。

## 堅田の門人

### 三上千那(せんな)　慶安四年（一六五一）〜享保八年（一七二三）

千那は、堅田本福寺九世住職明芸の子。本願寺大津別院に勤めた。はじめ京都談林派俳諧の中心人物菅野谷高政(すがのやたかまさ)に師事した。貞享二年（一六八五）芭蕉が京都・大津に来た三十五歳の時、旅舎に芭蕉を訪ねその教えを受け、千那と改めた。その後千那の俳諧活動は芭蕉を軸に広がり、膳所藩典医の子である榎本(えのもと)（宝井）其角(きかく)、同じく膳所藩重臣の菅沼曲翠(すがぬまきょくすい)、後に芭蕉と対立する江左尚白(えさしょうはく)、森川許六(きょりく)などと交友し近江蕉門を形成した。千那入門後芭蕉は三度堅田を訪れた。元禄五年（一六九二）兄明賢が没したため十一世本福寺住職となる。しかし、千那は結局保守派で、やがて師

三上千那（『正風百人一句集』俳句かるた、芭蕉翁遺跡顕彰会刊より、以下同）

の俳諧が変化していくのについていけず、お互いに自分の意見を主張して譲らないため不和になっていく。本福寺(ほんぷくじ)山門入ったところに碑があり、『猿蓑(さるみの)』に収められている(161頁参照)。

**三上角上(かくじょう)　延宝三年(一六七五)～延享四年(一七四七)**

三上千那の養子明因(みょういん)十二世本福寺住職。号を角上と名乗り近江蕉門の最年少者として千那とともに活躍し、大津・堅田における蕉風の発展に力を尽くした。寛保三年(一七四三)芭蕉五十回忌には義仲寺に「芭蕉行状碑」を建てた。高さ百三十七チセン、幅百十六チセン。義仲寺に建っている碑の中で一番古い。現在は翁堂の左手前に建っている。古図によると義仲と芭蕉の墳墓の間、現在「朝日将軍木曽源公遺跡之碑」のある辺りに建てられていた。彼の句「葉を配るその根やここに冬木立」の句もこの碑の中に含まれているようだが、現在は判読できない。

芭蕉行状碑(義仲寺)

**榎本(えのもと)(宝井)其角(きかく)　寛文元年(一六六一)～宝永四年(一七〇七)**

江戸堀江町で、近江国膳所藩御殿医・竹下東順の長男として生まれた。延宝年間(一六七三～一六八一)の初めの頃、父親の紹介で芭蕉の門に入り俳諧を学ぶ。はじめ、母方の榎本姓を名乗っていたが、のち自ら宝井と改める。堅田本福寺のすぐ東に父東順の生家跡が残っている。ここでは宝井と表示されている。膳所藩主本多公の江戸屋敷に仕える。芭蕉死去の際、遺体に付き添い義仲寺へ運ぶ。蕉門十哲（じってつ）の第一の門弟といわれている。芭蕉の没後は日本橋茅場町に江戸座を開き、江戸俳諧では一番の勢力となる。宝永四年（一七〇七年）、永年の飲酒が祟ってか四十七歳の若さで亡くなっている。堅田本福寺境内山門入って右側に、高さ七十四センチ、幅七十センチの句碑「雪日や船頭どの丶顔のいろ」がある。

**竹内成秀（なりひで）　生没年不詳**

本名茂兵衛（もへえ）。堅田蕉門の有力者。元禄四年八月十六日夕方、芭蕉たち一行が訪れたとき、歓待したというのでかなり裕福な家で、米屋だったのではともいわれている。

芭蕉は、感謝のため、『堅田十六夜の弁』（248頁参照）を贈った。文中に引用された藤原定家の歌から成秀はそれを理解する教養人だったことが推測される。芭蕉が訪ねてこの

其角句碑「雪日や」堅田本福寺

榎本其角

文を贈ったことで、彼の名は残った。堅田のどこが彼の家だったのかはわからない。

## 大津の門人

**江左尚白**(えさしょうはく)　**慶安三年(一六五〇)~享保七年(一七二二)**

大津枡屋(ますや)町の医師。句2「辛崎(からさき)の」は彼の家からの句という。原不卜(ふぼく)らにまなび、貞享(じょうきょう)二年(一六八五)三上千那とともに三十六歳の時に四十二歳の芭蕉に入門。乙州正秀洒堂(おとくにまさひでしゃどう)らを蕉門に引き入れるなど、近江蕉門の古老として活躍するがのち離脱。墓は本長寺(大津市札の辻三の一九)にある。また、彦根市高宮町の多賀大社一の鳥居の脇に『猿蓑(さるみの)』に載った「みちばたの多賀の鳥居の寒さかな」がある(217頁参照)。

江左尚白

多賀大社一の鳥居脇の句碑

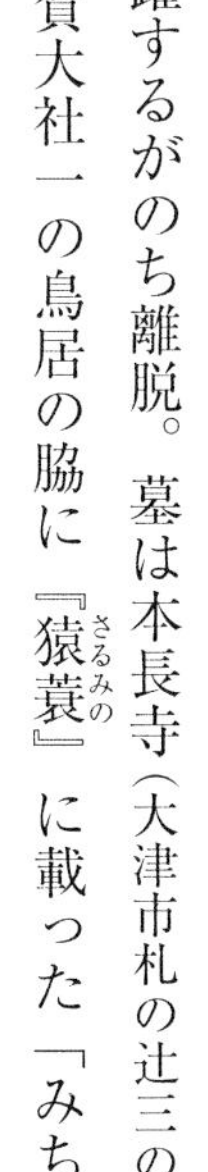

**河合智月**(ちげつ)　**寛永十年(一六三三)?~享保三年(一七一八)**

大津の荷問屋・伝馬役佐右衛門(さうえもん)の妻。芭蕉より十余歳年長。宮仕えの経験もある。尚白の門から蕉門に入る。夫の死後尼となり、弟の俳人乙州(おとくに)を養子とする。芭蕉に師事し、元禄二年以降芭蕉を家にむかえる機会が多く、元禄四年（一六九一）には芭蕉が東下する際に『幻住庵記』を贈られた。蕉門きっての女流俳人として知られる。森川許六（きょりく）は俳諧は乙州よりまさると言う。膳所滞在中の芭蕉の身辺の面倒をよく見た。芭蕉の葬儀に際しては智月と乙州の妻とが芭蕉の遺体に着せる服を縫った。芭蕉がよく湖南方面へ出かけたのは、智月をはじめとする温かく芭蕉を迎える近江蕉門の存在もあったためと思われる。

河合智月

**河合乙州（おとくに）　明暦三年（一六五七）～享保五年（一七二〇）**

大津の荷問屋・伝馬役佐右衛門（さうえもん）の妻河合智月の弟。姉の養子となる。江左尚白の門人だったが、元禄二年（一六八九）七月に乙州は、商用で金沢に行き、『おくのほそ道』の旅の途中であった芭蕉と出会って入門。以後、智月・妻荷月（かげつ）と共に芭蕉の信頼厚く、元禄二年の冬には芭蕉を自宅に招き、元禄三年冬には句56「人に家を」では彼が買った家で芭蕉が過ごすなど、師の経済生活を支え、献身的に尽くしている。彼の日頃の好意に感謝して、乙州が江戸へ下る際に芭蕉は、句59「梅若菜」の餞別の句も詠んでいる。また、加賀・江戸への家業の旅を通じて、蕉風伝播者の役割も果たし、『猿蓑』などに入集している。元禄七年（一六九四）大坂で師の死を看取り、芭蕉の死後十五年を経て宝永六年（一七〇九）芭蕉の遺稿『笈の小文』を独力で刊行した。

**望月木節（もくせつとも）　生没年不詳**

貞享年間（一六八四～八七）から元禄年間（一六八八～一七〇四）頃に大津の松本の辺りに住んで、医者として身を立てていた。同じく大津の医師で、かねてから芭蕉の高弟であった江左尚白の勧めにより俳諧の道に入った。元禄三年（一六九〇）幻住庵に芭蕉が住んだとき、机のそばに置いて記録していた「几右日記」には、木節の来訪が記され、句も記録されている。風邪をひいたり、持病の痔疾に悩まされたりした芭蕉がたびたび彼の診察・治療を受けたと推測される。

元禄七年六月二十一日、芭蕉は、支考、惟然を伴って木節の庵で句85「秋近き心の寄るや四畳半」を読んでいる。実は六月初旬、落柿舎で、江戸深川芭蕉庵に残してきた寿貞の死を聞いている。門弟達も知っていて、芭蕉の発句に続いて木節が「しどろに伏せる撫子の露」と脇句を詠んでいる。弟子は傷心の芭蕉の心を思いやり、芭蕉の「心の寄る」はいかにも心を許した心情が表されている。その後、単身で木節の庵

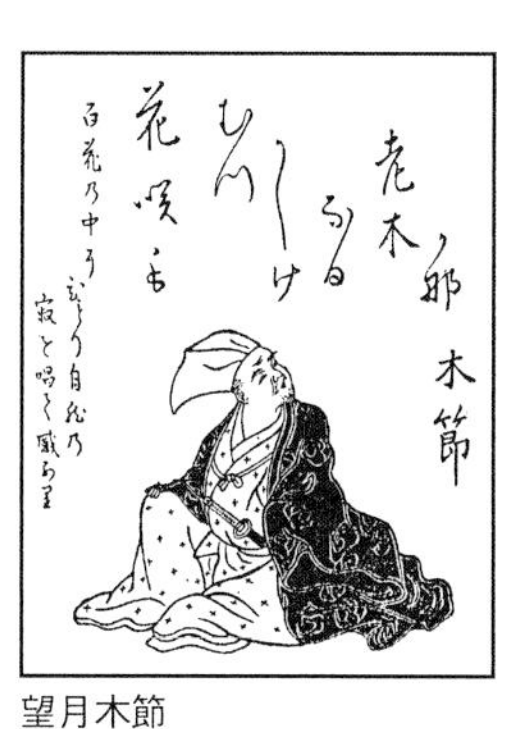

望月木節

に遊び、句91「ひやひやと壁をふまへて昼寝哉」を詠んでいる。昼寝をするほど心を許している芭蕉とそんな師をさりげなく見守る木節の姿が想像される。このような信頼関係のもと、「心得ぬ医に見せはべりて、薬方いかがならん。我が性は木節ならで知る者なし」と芭蕉の臨終の床で大津から木節が呼び寄せられ、最期を看取っている。

## 義仲寺（ぎちゅうじ）の門人

**内藤丈草（じょうそう）　寛文二年（一六六二）〜元禄十七年（一七〇四）**

現在の愛知県犬山市出身。号を丈草、別号を仏幻庵など。元禄二年（一六八九）に『おくのほそ道』の旅の後入門。蕉門十哲の一人となった。初め京都の深草に住み、後、近江の松本（大津市）に移る。元禄六年（一六九三）義仲寺無名庵（むみょうあん）に入る。大坂で芭蕉が病床に入るとすぐに看護に当たる。芭蕉没後六日目の十月十八日に彼の揮毫（きごう）で墓を建てている。元禄九年（一六九六）、近くの龍ヶ岡（現大津市竜が丘、JR膳所駅

丈艸佛幻庵址（龍ヶ岡）　内藤丈草

南隣）に仏幻庵を結ぶ。師の芭蕉の没後約十年、師の追善に日を費やす。元禄十六年（一七〇三）に、小石を拾い集めて、一石に一字の法華経を書写し、「経塚」を現在の龍ヶ岡俳人墓地（179頁参照）に建てた。

## 膳所の門人

**菅沼曲翠（初め曲水）　万治三年（一六六〇）～享保二年（一七一七）**

膳所藩の重臣。貞享元年（一六八四）江戸在勤中に曲翠は十五歳で、榎本其角の紹介で入門。元禄三年（一六九〇）膳所をおとずれた芭蕉に国分山の伯父定知の住んでいた幻住庵を提供。『ひさご』に芭蕉・浜田洒堂との三吟を残す。近江の門人の中でも、特に芭蕉との親交が厚く、家族ぐるみのつきあいであった。十一月十三日の曲翠宛の手紙の中に「偏に膳所は旧里のごとく存じなし候（私は、ひたすら膳所を故郷のように考えます）」とあることは前に書いた。芭蕉が「旧里」という言葉を、このような意味で使ったのは、曲翠と次に紹介する正秀に宛てた手紙だけである。元禄九年（一六九六）国分山の幻住庵

曲翠の墓（義仲寺）

を中庄牛頭天王社（現篠津神社）境内に移築し、幻住庵の古額を掲げ、芭蕉の画像を祀って禅門法話の道場とした。さらに、宝永二年（一七〇五）、幻住庵を上別保に移し、俳諧月次の俳席とした。これが、現在の別保の幻住庵である。ここに国分の幻住庵の額が保存されている（186頁参照）。

享保二年（一七一七）七月二十日、藩の政治を乱す曽我権太夫を、江戸出府の挨拶に来た機会に乗じ、長押の槍で刺し殺し、自ら切腹。藩主康命公に累がおよぶのをおそれて不仲によるとの上申書を残す。五十八歳。江戸の息子も十八歳で死んだ。

**水田正秀**　**明暦三年（一六五七）～享保八年（一七二三）**

膳所の人。藩士または町人であったといわれ、一説に俳人菅沼曲翠の伯父とも。のちに松本に住み、医を業とした説もある。俳諧は初め江左尚白に師事した。元禄元年（一六八八）、正秀宅の蔵が類焼した際、

正秀墓（龍ヶ岡俳人墓地）

水田正秀

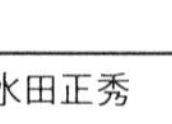

芭蕉筆正秀宛書簡の一部「無比類御手柄にて候」（個人蔵）

正秀が「蔵焼けてさはるものなき月見哉」と詠み平然としていたことを芭蕉が聞き、「是こそ風雅の魂なれ」「その者ゆかし」と言い、便りが行き来し、師弟の契りが結ばれた。湖南蕉門の一員として活躍し、義仲寺無名庵建設に尽力した。

元禄三年（一六九〇）七月の芭蕉の正秀宛の書簡には「又々色々御取揃え芳慮にかけられかたじけなく」と記され、同年九月の書簡では「貴境旧里のごとくここ（膳所）こそ故郷ごとく思われ…」「立帰り立帰り御やつかひに（何度でも戻ってきてご厄介になる）」と書き、正秀が金銭面などで芭蕉を支援していたことがわかる。同年九月に江戸に滞在していた曲翠宛の書簡に、正秀と次に出てくる浜田洒堂（珍夕）について、「正秀・珍夕両吟、一番出来にて候」とその才能を認めている。

また、平成二十六年（二〇一四）秋に伊丹の「柿衞文庫」で個人所有のためこれまで知られていなかった芭蕉の弟子宛の直筆の手紙が初公開された。元禄七年（一六九四）正月二十九日付の正秀宛の書簡に正秀の句を「無比類御手柄にて候（比べる対象がないほどすばらしい腕前であります）」と書かれたことは前述した（31頁参照）。墓は龍ヶ岡俳人墓地にあり、正面に正秀墓と刻んである。

**浜田洒堂（珍碩）　生未詳～元文二年（一七三七）**

前号、珍夕・珍石。洒堂は洒落堂の略で、『深川集』以後用いた。近江膳所の医師で、俳諧は最初尚白に、次いで芭蕉に入門したことは、乙州・正秀・許六に同じ。直接芭蕉の指導を受けたのは元禄二年(一六八九)ごろ。

元禄三年(一六九〇)、芭蕉は浜田洒堂の草庵「洒落堂」を訪れ、草庵を讃えて『洒落堂記』(245頁参照)を書いた。大津市中庄の戒琳庵が「洒落堂」跡という。芭蕉会館(180頁参照)前の茶臼山公園入口に『洒落堂記』の碑がある。同年八月に彼の撰で俳諧七部集の一つ『ひさご』を刊行している。元禄五年(一六九二)九月上旬、洒堂が俳諧修業のために江戸に来て、翌元禄六年一月下旬まで芭蕉庵に身をよせて世話になった。師との交遊が多い。しかし、芭蕉の最後の時、臨終には立ち会えなかった。彼の晩年はよくわからず、墓も不明である。

## 彦根の門人

**河野李由　寛文二年(一六六二)~宝永二年(一七〇五)**

浄土真宗本願寺派の彦根明照寺十四世住職。かねてから芭蕉の風雅を慕い、元禄四年(一六九一)五月に京都嵯峨野の向井去来の落柿舎で「嵯峨日記」執筆中

河野李由

の芭蕉を訪れ入門した。蕉門十哲(しょうもんじってつ)の一人森川許六はたびたび明照寺に遊び、芭蕉も李由入門直後の元禄四年（一六九一）十月、江戸に向かう途中、彦根平田明照寺の李由を訪ねて一泊。句80「百歳(ももとせ)の」を詠んでいる。芭蕉と李由の師弟関係は「師弟の契り深きこと三世仏に仕ふるが如し」と伝えられている。芭蕉死去後、渋笠を形見に貰い受け、明照寺境内に埋め笠塚を築いた。彼の句碑も明照寺裏庭に笠塚と並んで建っている（216頁参照）。

**森川許六(きょりく)　明暦二年（一六五六）～正徳五年（一七一五）**

彦根藩の重臣。武芸指南役。芭蕉晩年の門人であるが、数ある門人の中で蕉門十哲に数えられている。漢詩・絵画に親しみ、北村季吟(きぎん)系の俳諧を学んだが、元禄五年（一六九二）八月、江戸勤番中の許六が入門する。同年十月、森川許六の江戸での住居（彦根藩邸内）で歌仙を巻き、元禄六年四月末、彦根に帰る許六に『許六離別の詞（柴門(さいもん)の辞）』を贈っている。師の没後向井去来らと俳論をかわし蕉風の理論化につとめた。文筆にもすぐれ、明照寺住職李由との共著『韻塞(いんふたぎ)』など出し

原東山霊園の許六句碑

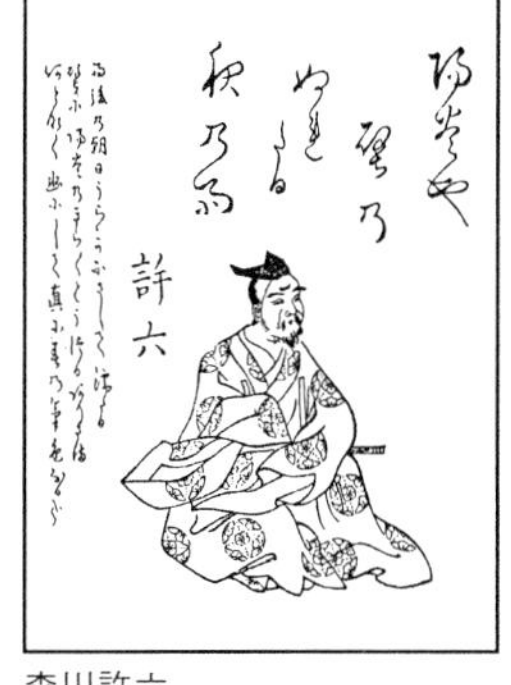

森川許六

五老井の跡

森川許六の墓（長純寺）

た。画もよくし「奥の細道行脚像」などを残している。俳号の許六は自ら六芸をなすというところからつけたとされる。宝永七年（一七一〇）に彦根郊外原村に庵を建て、「五老井」と号した。彦根の長純寺に葬られた（213頁参照）。

前述の水田正秀と同じく平成二十六年（二〇一四）秋に伊丹の柿衞文庫で個人所有のためこれまで知られていなかった許六宛の芭蕉直筆の手紙が初公開された。元禄六年（一六九三）三月二十日付の書簡には芭蕉の弟子であり、絵の師匠だった許六に「絵の相談をしたいので、二十一日か二十三日に、時間があれば（自宅の深川の芭蕉庵に）来てください」と日程調整をした内容がつづられていた。互いに弟子でもあり師匠でもあった二人の深い交流の様子がうかがえる（口絵参照）。

# V

# 近江関連俳文

この項では平成六年（一九九四）の芭蕉没後三百年事業で、大津市が建立した俳文碑を紹介する。「幻住庵記の碑」は国分（こくぶ）の近津尾（ちかつお）神社（幻住庵跡）に、「洒落堂記（しゃらくどうのき）の碑」は芭蕉会館前の茶臼山（ちゃうすやま）公園入口に、「堅田十六夜（かたたいざよい）の弁の碑」は大津市本堅田の十六夜公園にある。俳文碑を訪れても内容がよくわからないので、取り上げることにした。句は末尾に記してあるが、句碑としては数えていない。

## 幻住庵記（げんじゅうあんのき）

元禄三年（一六九〇）芭蕉四十七歳。『おくのほそ道』の旅を終えた翌年、四月六日から七月二十三日（陽暦の五月〜九月）までの四ヶ月を国分山の幻住庵に暮らし、芭蕉俳文中の秀作とされる『幻住庵記』を書く。慶滋保胤（よししげのやすたね）の『池亭記（ちてい）』（漢文）や鴨長明の『方丈記』を強く意識して書いた作品とされる。この草庵は芭蕉の門人菅沼曲翠（すがぬまきょくすい）の伯父定知（さだとも）にあたる幻住老人ゆかりの庵である。

註：慶滋保胤。（九三四〜九九七）賀茂氏・平安中期の文人。菅原文時（すがわらのふみとき）に師事し、詩文にすぐれる。その著『池亭記』は、鴨長明『方丈記』に大きな影響を与えた。

『おくのほそ道』の旅を終えた芭蕉には、深川の庵は人に渡してしまったので帰るべき

国分の幻住庵記の碑

家がない。伊賀上野の故郷や大津・膳所の門人にお世話になりながら翌年の四月に幻住庵に落ち着いた。元禄四年（一六九一）『猿蓑』で「幻住庵記」を発表した。

『大津と芭蕉』（大津市発行）に「芭蕉が、その生涯に、推敲に推敲を重ね彫心鏤骨の作品として完成したものに、『おくのほそ道』と『幻住庵の記』との二篇がある。（中略）元禄四年九月二十八日、義仲寺の無名庵を出て江戸への旅にのぼるに際し、自筆の一巻を智月に贈った、共に芭蕉が心血を注いだ作品であるが、『幻住庵の記』が『おくのほそ道』ほどに尊重されていないのは残念である」と記されている。『おくのほそ道』と並び称される「幻住庵記」の詳細をぜひとも知っていただきたい。『おくのほそ道』は四百字字詰め原稿用紙二十八枚程度の文章で、完成まで五年余りかかっている。それと比べて「幻住庵記」は四百字詰め原稿用紙四枚程度の量である。推敲を重ねた跡は、現在残っている四種類の稿本からもよくわかる。推敲の最後の形と思われる本文と口語訳は敬愛する先輩増井金典先生の『湖畔の芭蕉』から使わせていただいた。本文には歴史的仮名遣いで、口語訳には現代仮名遣いで、適宜振り仮名を付記した。また、行は訳と本文が対応するように変えた。末尾に句25「まづ頼む」が記されている。

## 第一段　場所と草庵の由来　石山の奥、国分山の八幡宮の一隅に草の庵がある。曲翠子の伯父、幻住老人のゆかりの幻住庵である。

**口語訳**

石山の奥、岩間（いわま）のうしろに山がある。国分山（こくぶやま）という。その昔の国分寺（こくぶんじ）の名を伝えているのであろう。ふもとの細い流れを渡って、中腹まで三回曲がって計二百歩ぐらい登ると、八幡宮がある。社には阿弥陀如来が祭ってあるとか。ふつうの神道では避けることだが、神仏一体の考え方をする神道では、仏が神の威光をやわらげ、あらゆる恵みをこの世に平等に与えて下さるとのことで尊いことだ。

日ごろは、人が参詣しないので、神々（こうごう）しく静かであるが、その一隅に、草ぶきの庵がある。蓬（よもぎ）や根笹（ねざさ）が軒を囲み、雨漏りがして壁も落ち、狐や狸の寝床になってしまっている。幻住庵という。庵の持主は、菅沼曲翠の伯父であったが、八年前になくなって、幻住老人の名だけが残っている。

**原文**

石山の奥、岩間のうしろに山あり、國分山（こくぶやま）といふ。そのかみ國分寺の名を伝ふなるべし。ふもとに細き流れを渡りて、翠微に登ること三曲二百歩にして、八幡宮立たせたまふ。神体は弥陀の尊像とかや。唯一の家には甚だ忌むなることを、両部光をやはらげ、利益の塵を同じうしたまふも、また貴し。

日ごろは人の詣でざりければ、いとど神さび、もの静かなるかたはらに、住み捨てし草の戸あり。蓬根笹軒をかこみ、屋根もり壁おちて、狐狸ふしどを得たり。幻住庵といふ。あるじの僧なにがしは、勇士菅沼氏曲水子の伯父になんはべりしを、今は八年ばかり昔になりて、まさに幻住老人の名を残せり。

幻住庵への道

## 第二段　漂白の旅　安住の地　市中を去り隠栖後、おくのほそ道に旅立ち漂着した安住の地陰暦の四月に山に入り、このまま住み着きたい

**口語訳**

私が、江戸市中から郊外の深川へ出たのは十年前だった。五十歳近くなって、蓑虫が蓑を失い、蝸牛が殻から離れるように、漂白の旅に出て、奥羽象潟の旅の暑さに苦しみ、歩きにくい北の日本海の砂浜や、岸の荒磯に足をいためて、今年琵琶湖畔に流れついた。カイツブリが、一本の葦を頼りに浮き巣を作るに似て、この庵を頼りに、軒をふきな

おし、垣根を修繕し、陰暦四月のはじめ、しばらくの住まいと思って入った山なのに、このままここに住み続けたいと思うようになった。

## 原文

予また市中を去ること十年ばかりにして、五十年やや近き身は、蓑虫の蓑を失ひ、蝸牛家を離れて、奥羽象潟の暑き日に面をこがし、高砂子歩み苦しき北海の荒磯にきびすを破りて、今歳湖水の波にただよふ。

鳰の浮巣の流れとどまるべき蘆の一本のかげたのもしく、軒端ふきあらため、垣根結ひそへなどして、卯月の初めいとかりそめに入りし山の、やがて出でじとさへ思ひそみぬ。

象潟　西施像

カイツブリ

象潟　蚶満寺

## 第三段　季節と眺望と暮らし　初夏の湖南の美景　山の簡素な生活　無為自然　つつじ、藤、鳥の鳴き声、湖畔の景色　美しい山々

### 口語訳

さすがに春の名残も遠くなく、つつじが咲き山藤が松にかかって、ホトトギスが鳴き、カケスの鳴き声まで聞こえて、キツツキが庵の柱をつつくのも気にはしまいと、むやみに興がわき、心は杜甫の思いに通じ、身は瀟湘(しょうしょう)八景や洞庭湖のほとりに立っているような気がする。

山は西南にそびえ、人家からほどよく隔たり、南風が快く吹き、北風が湖から吹いて涼しい。比叡比良の山々から、辛崎(からさき)にかけて、霞が込め、城がある、橋がある、釣り舟がある。笠取の山に通う木こりの声、麓の小田の田植え歌、蛍飛ぶ夕闇の空に、クイナの鳴き声、美景に足らぬものはない。

中にも三上山(みかみやま)は富士山に似て、武蔵野の芭蕉庵も思い出され、田上山にゆかりある古歌人を数えたりもする。小竹生(ささほ)が嶽(たけ)・千丈が峰・袴腰(はかまごし)という山がある。黒津の里は、森が黒く茂り、「網代守る」という万葉集の歌の姿である。

なお眺望をはっきりさせようと、後ろの峰に登り、松の棚を作り、藁(わら)の円座を敷いて、猿の腰掛けと名づける。かの海棠(かいどう)に巣を作り、主簿峰(しゅぼほう)に庵を結んだ王翁(おうおう)・徐佺(じょせん)の仲間ではない。ただ怠惰(たいだ)な山男となって、高山に足を投げ出し、無人の山にあって無為に過ご

す。

たまたま気がすすむ時は、谷から清水を汲んで炊事をする。とくとくの清水を慕った西行の住まいのように、生活は簡素である。また、昔住んだ幻住老人が、心高く住みなさっていたので、手の込んだ家具もない。持仏棚をつくり夜具を納める所を設けてある。

## 原文

さすがに春の名残も遠からず、つつじ咲き残り、山藤松にかかりて、時鳥(ほととぎす)しばしば過ぐるほど、宿かし鳥のたよりさへあるを、木啄(きつつき)のつつくともいとはじなど、そぞろに興じて、魂(たましひ)、呉(ご)・楚(そ)東南に走り、身は瀟湘(せうしやう)・洞庭に立つ。

山は未申(ひつじさる)にそばだち、人家よきほどに隔たり、南薫(なんくん)峰よりおろし、北風湖(うみ)を浸(ひた)して涼し。比叡(ひえ)・比良の高根より、辛崎(からさき)の松は霞こめて、城あり、橋あり、釣(つり)たるる舟あり、笠取に通ふ木樵(きこり)の声、ふもとの小田(おだ)に早苗とる歌、蛍飛びかふ夕闇の空に水鶏(くひな)のたたく音、美景物(もの)として足らずといふことなし。

とくとくの清水

中にも三上山は士峰の俤に通ひて、武蔵野の古き住みかも思ひ出でられ、田上山に古人をかぞふ。小竹生が嶽・千丈が峰・袴腰といふ山あり。黒津の里はいと黒う茂りて、「網代守るにぞ」と詠みけん「万葉集」の姿なりけり。

なほ眺望くまなからむと、うしろの峰に這ひ登り、松の棚作り、藁の円座を敷きて、猿の腰掛けと名付く。かの海棠に巣を営び、主簿峰に庵を結べる王翁・徐佺が徒にはあらず。ただ睡癖山民と成って、孱顔に足を投げ出だし、空山に虱をひねって坐す。

たまたま心まめなる時は、谷の清水を汲みてみづから炊ぐ。とくとくの雫を侘びて、一炉の備へいとかろし。はた、昔住みけん人の、ことに心高く住みなしはべりて、たくみ置ける物ずきもなし。持仏一間を隔てて、夜の物納むべき所など、いささかしつらへり。

註：呉・楚東南に走り　杜甫「登岳陽楼」の「呉楚東南に坼け」と吟じた詩の思いに通じる。
瀟湘　中国湖南省。瀟水と湘水が洞庭湖に注ぐあたりの地方。古来より風光明媚な水郷地帯として知られる。
洞庭(湖)　漢詩によく出てくる中国湖南省北東部(の湖)。
とくとくの雫を侘びて　庵のそばにある「とくとくの清水」。吉野山の西行庵そばの「とくとくの清水」の侘びしい住居の境地を慕って。

## 第四段　扁額と下の農談問答　幻住庵の三字を記念に　山住まいと旅寝の心境　旅装の桧笠と菅蓑を柱にかけ、農民と話　自問自答

### 口語訳

ところで、九州の三井寺の寂源僧正は、賀茂神社の甲斐敦直の子で、書道の大家でもあった。この度上洛というので、ある人に頼んで額の文字をお願いした。すると、たいそう気軽に書いて「幻住庵」の三文字を贈られた。そのまま草庵の記念とした。

そもそも、山住まいで、旅寝でもあり、それ以外に立派な器具も不要である。木曽の桧笠(ひがさ)と越後の菅蓑(すがみの)だけ、枕の上の柱に掛けてある。

昼は、ときどき訪れる人に心を動かす。あるときは、宮守の老人や里の男たちが入って来て、「猪が稲を食い荒らすこと、兎が豆畑に通うこと」など、農談をする。日が山の端にかかると、夜は静かに月を待ち、自らの月影と二人になって、灯火を点して問答するのである。

### 原文

さるを、筑紫高良山(かうらさん)の僧正は、賀茂の甲斐何某(かひなにがし)が厳子(げんし)にて、このたび洛(らく)にのぼりいまそかりけるを、ある人をして額を乞ふ。いとやすやすと筆を染めて、「幻住庵」の三字を送らる。やがて草庵の記念(かたみ)となしぬ。すべて、山居といひ、旅寝といひ、さる器(うつはもの)たくはふべくもなし。木曽の檜笠(ひがさ)、越(こし)の菅蓑(すがみの)ばかり、枕の上の柱にかけたり。昼(ひる)はまれま

れ訪ふ人々に心を動かし、或は宮守の翁、里の男ども入り来たりて、「猪の稲食ひ荒し、兎の豆畑に通ふ」など、わが聞き知らぬ農談、日すでに山の端にかかれば、夜座静かに、月を待ちては影を伴ひ、燈火を取りては罔両に是非をこらす。

註：筑紫高良山の僧正　高良山三井寺の座主寂源僧正。「筑紫高良山」は福岡県久留米市の山。書道の大家。
賀茂の甲斐某が厳子　寂源僧正は賀茂社の神官藤木甲斐守敦直の次男。「厳子」は実子の意味の造語で、子息に対する敬称として用いた。
罔両に是非をこらす　「罔両」は魍魎とも。妖怪変化のことを言うこともあるが、ここでは「薄い影」。自分の影法師のこと。自分の影法師に向かい合って、物事の良し悪しについて思い巡らせている。

**第五段　回顧　一筋の道　風雅　わが人生の回顧　無能無才で俳諧の道一筋に　仕官、立身、仏門等の迷い　漂白の旅　風雅の道こそ**

**口語訳**

だからといって、ひたすら閑寂を好んで、山野に隠れて住もうというのでもない。やや病身で、世間嫌いの人に似ている。

つくづくと愚かな自分の過失の多い人生を振りかえって見ると、ある時は、仕官して立身に懸命な人をうらやんだり、ひとたびは、仏教や禅門に入ろうとしたこともあった。ところが、いつからか、行方定めぬ漂泊の旅に身を苦しめ、花鳥や自然に心を動かされるようになり、そのまま一生の仕事にまでもなって、とうとう無能無才でこの俳諧の道につながったのである。

「白楽天は詩作のために内臓をこわし、杜甫は文章のために痩せたという。これらの才能がある方に比べ、自分の文章の才能が同じでないのも、夢や幻想の営みのようなもので仕方がないではないか。つまり、才能ある天才でさえ努力したのだから、同じ風雅の道に励むものとしては、貧しい才能なりに努力しなければ。」と思いなおし、悩みを、きっぱり断ち切って、臥(ふ)してしまった。

　まづ頼む椎の木もあり夏木立

ともかくも、かたわらに頼もしい椎の大木もある。夏木立も涼しくて快い。ここで風雅の道に努めよう。

## 原文

かく言へばとて、ひたぶるに閑寂を好み、山野に跡を隠さんとにはあらず。やや病身、人に倦(う)んで、世をいとひし人に似たり。

つらつら年月の移り来し拙(つたな)き身の料(とが)を思ふに、ある時は仕官懸命の地をうらやみ、一たびは仏籬祖室の扉に入らむとせしも、たどりなき風雲に身をせめ、花鳥に情を労じて、しばらく生涯のはかりごととさへなれば、つひに無能無才にしてこの一筋につながる。「楽天は五臓の神を破り、老杜は痩せたり。賢愚文質の等しからざるも、いづれか幻の住みかならずや」と、思ひ捨てて臥しぬ。

先づ頼む椎の木もあり夏木立

註：楽天は五臓の神を破り　白楽天が詩を作るのに悩みぬいて全身が衰弱してしまったの意。
老杜は痩せたり　杜甫が詩を作るのに悩みぬいて痩せてしまったこと。

## 洒落堂記

元禄三年三月（一六九〇）、浜田珍碩（後の珍夕）の洒落堂に招かれた芭蕉が、おものの浦（現在の御殿浜あたり）から望む琵琶湖の風景を『洒落堂記』として記し珍碩に与えた文。口語訳は前項と同じく増井金典著の『湖畔の芭蕉』から、原文は大津市編『大津と芭蕉』からいただき適宜振り仮名を付きした。口語訳は「にほの海」、原文は「鳰の波」を採用している。

洒落堂記

俳文碑は芭蕉会館前の茶臼山公園入口にあるが、三基のうちで一番読みにくく、説明碑も周りが欠けているのが惜しまれる（183頁参照）。文末に記された句21「四方より」は近江で最も多く五碑の句碑が建立されている。膳所に招かれた時の文章であるので、御殿浜にある句碑が一番詠んだ場所に近いのかもしれない。

**口語訳**

山は静かで人の心を養い、湖水は動いて人と感情を慰める。静の山と動の水の、いわゆる山水の景を一望できるところに、住居を構えた者がある。浜田氏で珍夕という。目には思う存分よい景色が眺められ、口には俳諧を詠んで、心を清らかにし俗世間の塵をはらえるので洒落堂という。

門に戒めを書いた板を掛けて、世俗の知恵にまみれた人が、門内に入るのを許さずと、書いている。あの宗鑑が「来ない客は上の客で、日帰り客は中の客、泊まり客は下の下なり」と掲げたのに、加えて、一等級下々の下を作ったので、面白い。

また簡素で三メートル四方の部屋が二間、茶道の侘びの精神を継いで、しかもあまり形式にとらわれない暮らしである。木を植え、庭石をならべて、小さな楽しみとしている。

いったい、膳所の岸辺は、瀬田や唐崎を左右の袖のように見て、湖を抱いて遠く三上山に向かった位置にある。うみは琵琶の形に似ているので、松を吹く風の音が波に和して美しい音楽を奏でる。
　比叡の山、比良の峰々を斜めに見て、音羽山や石山が肩のあたりに置いている。春は長等山の花をかんざしとして、秋の鏡山は月の衣装をつける。あるときは薄化粧、あるときは厚化粧で日々の変化が美しい。心の中の詩想もこれに従って変化するのであろう。

四方より　花吹き入れて　にほの海　　ばせを

## 原文

　山は静かにして性を養ひ、水は動いて情を慰す。静・動二つの間にして、住みかを得る者あり。浜田氏珍夕といへり。目に佳境を尽し口に風雅を唱へて、濁りを澄まし塵を洗ふがゆゑに、洒落堂といふ。門に戒幡を掛けて、「分別の門内に入ることを許さず」と書けり。かの宗鑑が客に教ゆる戯れ歌に、一等加へてをかし。且つそれ簡にして方丈なるもの二間、休・紹二子の侘びを次ぎて、しかもその矩を見ず。木を植ゑ、石を並べて、かりのたはぶれとなす。そもそも、おものの浦は、瀬田・辛崎を左右の袖のごとくし、湖をいだきて三上山に向ふ。湖は琵琶の形に似たれば、松のひびき波をしらぶ。比叡の山・比良の高根をななめに見て、音羽・石山を肩のあたりになん置きけり。長等の花を髪にかざして、鏡山は月を粧ふ。淡粧濃抹の日々に変れるがごとし。心匠の風雲も、またこれに習ふなるべし。

四方より花吹き入れて鳰の波　ばせを

## 堅田十六夜の弁

元禄四年（一六九一）八月十六日の文。このころ、芭蕉は義仲寺の草庵に滞在していた。前夜はこの草庵で月見の会を催し、十六日は人々とともに舟で堅田に渡った。江戸時代堅田までは船で一時間ほどであった。竹内茂兵衛成秀ら十九人が歌仙を巻いた。この夜のことを書いて亭主成秀に送った。口語訳は前項と同じく増井金典著『湖畔の芭蕉』から、原文は大津市編『大津と芭蕉』からいただき、適宜振り仮名を付記した。

俳文碑は大津市本堅田の十六夜公園に建っている。平成六年（一九九四）三月に大津市が建てた俳文碑の一つ（163頁参照）。末尾に句66・67が記されている。

**口語訳**

満月を鑑賞した興趣がなお尽きず、幾人かの俳友が私に勧めて舟を堅田の浦に進めた。その日、なにがし（竹内）茂兵衛成秀という人の家の後ろの湖岸近くに至りつく。そこで、「風流を愛する者が月に浮かれて来ましたよ」と、口々に呼び続ける。

すると、主人は思いがけない来訪を喜んで、簾を巻き上げ、あたりを清めて迎える。

「家の畑に芋がありますし、ささげもあります。手料理でいかがですか。鯉や鮒の包丁のさばきが揃(そろ)っていないので申し訳ないのですが」といいながら、湖畔の岸辺に筵(むしろ)をのべて宴会を持つことになった。

月は、やがて上って来て、湖上を華やかに照らす。以前から聞いていたのだが、中秋満月の日、月が浮御堂の正面に出るあたりを鏡山というのだそうだ。今晩も、それほどずれていないだろうと、御堂の上の欄干によりかかって見ると、三上山、水茎の岡が南北にあって、その間に峰が連なり、小山が重なって見える。

とかくするうちに、月が竹竿を三本継いだ高さに見えて、黒雲の中に隠れる。どれが鏡山というのか区別もつかない。主人が言うに、「おりおり雲がかかりますのがねえ」などと申し訳なさそうにいうのに、客をもてなす心の強さが思われる。

やがて、月が雲を出て、秋風に月光がきらめき、湖の波が銀色に輝き、千体仏の光りに映える。あの「傾く月が惜しいばかりで」と藤原定家の嘆きの言葉を借り、十六夜の空を世の中になぞらえて、無常を悟るよすがとするのもよい。また「この堂に来てこそ」と恵心僧都の涙を流された気持ちにもなるのである。

こんなに言っていると、主がまたいう。「せっかく興味をもって来て下さった客を、興ざめた気持ちで、どうしてお帰しできましょう」と、もとの岸辺の席に導き、盃を交わしているうちに、月は横川(よかわ)（比叡山恵心僧都修行の地）のあたりに至ろうとする。

鎖明けて月さし入れよ浮御堂　　ばせを

安々と出ていさよふ月の雲　　同

## 原文

望月の残興なほやまず、二三子いさめて、舟を堅田の浦に馳す。その日、申の時ばかりに、何某茂兵衛成秀といふ人の家のうしろに至る。「酔翁・狂客、月に浮れて来たれり」と、舟中より、声々に呼ばふ。

あるじ思ひかけず、驚き喜びて、簾をまき塵をはらふ。「園中に芋あり、大角豆あり。鯉・鮒の切り目ただささぬこそいと興なけれ」と、岸上に櫂をならべ筵をのべて宴を催す。

月は待つほどもなくさし出で、湖上はなやかに照らす。かねて聞く、仲秋の望の日、月浮御堂にさし向ふを鏡山といふとかや。今宵しも、なほそのあたり遠からじと、かの堂上の欄干によつて、三上、水茎の岡、南北に別れ、その間にして峰ひきはへ、小山いただきを交ゆ。とかく言ふほどに、月三竿にして黒雲の中に隠る。いづれか鏡

十六夜公園より浮御堂を望む

山といふことをわかず。あるじの曰く、「をりをり雲のかかるこそ」と、客をもてなす心いと切なり。

やがて月雲外に離れ出でて、金風・銀波、千体仏の光に映ず。かの「かたぶく月の惜しきのみかは」と、京極黄門の嘆息のことばをとり、十六夜の空を世の中にかけて、無常の観のたよりとなすも、この堂にあそびてこそ。「ふたたび恵心の僧都の衣をうるほすなれ」と言へば、あるじまた言ふ、「興に乗じて来たれる客を、など興さめて帰さむや」と、もとの岸上に杯をあげて、月は横川に至らんとす。

鎖明て月さし入れよ浮御堂

やすやすと出でていざよふ月の雲

堅田からの十六夜の月

# Ⅵ　その他

## 明智句碑　西教寺　大津市坂本五丁目一三—一　電話〇七七—五七八—〇〇一三

戦国時代、織田信長（一五三四～一五八二）による延暦寺焼き討ちで焼失したとき、明智光秀（一五二八～一五八二）が総門・庫裏などを寄進した関係で、西教寺境内には、光秀一族の墓がある。その墓にちなんで句碑が、没後三百年記念の平成五年（一九九三）十一月二十三日に建立された。高さ百四十チセン、幅八十チセン。説明板によると「明智が妻　元禄二年九月十一日、芭蕉は伊勢山田に至り、翌十二日から西河原の島崎又玄方に滞在した。この句文は又玄の妻女のために草したもの」とある。『おくのほそ道』の旅を大垣で終え、その後伊勢神宮に参拝した時の句である。前書・句に続き文末に「又玄子妻に参らす」と、だれのために書いたかを付記しているのでわかる。

## 100　月さびよ明智が妻の咄しせむ

伊勢の国又玄が宅へとどめられ侍る頃、その妻、男の心にひとしく、もの毎にまめやかに見えければ、旅の心を安くし侍りぬ。かの日向守の妻、髪を切りて席を設けられし心ばせ、今さら申し出でて

西教寺の句碑

**句意**　寂しい月明りのもとで、あの明智の妻の昔話をしてあげよう。あなたのその心掛けは、将来必ず報いられる日が来ますよ。

**季語**　月（秋）

生活が苦しい中、精一杯のもてなしをしようとする又玄の妻に心うたれ、明るい月光の下ではなく、寂しげな月下でしみじみと話したい。明智光秀の妻熙子（ひろ）をほめたたえ、彼女と同じようにけなげな又玄の妻への感謝の意味を込めた挨拶句の類と考えられる。芭蕉は源義経・木曽義仲など、反逆者とされた人々に心を寄せてきた。明智もそうであったと考えられる。又玄は、時に芭蕉の句と誤解される「木曽殿と背中合せの寒さかな」を詠んでいる。義仲寺に句碑がある。

今回の『近江の芭蕉』では、芭蕉が近江で詠んだ句にしぼって、句碑を紹介してきた。しかし、近江関連句の句94～99は違う土地で詠んだ句である。この句が、明智一族の墓の近くに建立されたように、芭蕉がその土地で詠んだ句ではないが、さまざまな事情で、建立されている。それだけ、彼の詠んだ句が人々の琴線に触れ、敬慕してやまないということであろう。芭蕉は近江でも、全国でも愛される存在である。

## 寿貞尼について

判明している中では芭蕉が愛した唯一の女性。出自は不祥だが、芭蕉と同じ伊賀の出身で、伊賀在住時において「二人は好い仲」だったとする説と、江戸に出た芭蕉を追って彼女も江戸に出てきて、その後同棲していたとする説もある。芭蕉との関係は若いときからだという説、妾であったとする説などがあるが詳細は不明。事実として、寿貞は、一男（二郎兵衛）二女（まさ・ふう）がいるが彼らは芭蕉の子ではないらしい。「尼」をつけて呼ばれるが、いつ脱俗したのかなども不明。

芭蕉が寿貞の子二郎兵衛を伴って、最後に上方に行った後、元禄七年（一六九四）六月二日、寿貞は江戸深川芭蕉庵にて死去。享年不詳。芭蕉は、六月八日京都嵯峨野の去来の落柿舎で知る。芭蕉が彼女を愛していたことは、六月八日付の『松村猪兵衛宛真蹟書簡』に、没後の処置、まさ・おふうらの肉親者の後見を頼んでいることや、六月二十一日に句85「秋近き」を木節宅で、「もう秋も近く、どこか寂しさの忍び寄る気配に、四畳半の灯火の下で膝を交えて語る互いの心は、次第にしんみりと寄り合ってゆく。」という意の句を詠んでいるのは寿貞の他界の知らせがあったからとも考えられると前述した。

さらに、元禄七年（一六九四）七月十五日伊賀上野の実家で盂蘭盆を迎え、次の前書付で詠んでいる句に彼女への思いが激しく表れている。

## 101

尼寿貞が身まかりけると聞きて

### 数ならぬ身とな思ひそ玉祭

**句意**　生涯を不仕合せに終ったお前だが、決して取るに足らぬ身だなどと思うでないよ。玉祭には、多くの仏達と同等に祭られているではないか。

**季語**　玉祭（秋）

蕉門十哲の一人とされる志太野坡に入門し、俳諧を学んだ多賀庵風律の『小ばなし』の記事で寿貞尼の芭蕉妾説が、明治四十五年に紹介された。野坡が語った話として、「寿貞は翁の若き時の妾にてとく尼になりしなり。その子二郎兵衛もつかい申されし由」と残っている。これによれば、二郎兵衛は芭蕉の子ではなく、寿貞の連れ子で母親と一緒に身辺の世話をさせたということと、寿貞には他に夫または男がいたことになる。ただし、野坡は門弟中最も若い人なので、芭蕉の若い時を知るはずもない。だから、これが事実とすれば、野坡は誰か先輩門弟から聞いたということになる。

ともあれ、生涯独身とされてきた芭蕉に心の交わす女人があったということは、非常にうれしいことである。芭蕉も聖人ではなく、一人の男であった。これは後の世の私たちに芭蕉を近く感じさせてくれるのである。俳聖としてあがめ奉りたかった人々が認めたくなかったのかも知れない。寿貞の子二郎兵衛が芭蕉の最期につきそったことは前述した。心を通じた女性の寿貞の子が看取ったことに、心温かなものを感じた。

# おわりに

近江に生まれ育ち、近江で中学校・高校の国語教師を三十年間務めた。職をやめてから二十年余り経ったが、職を辞した時には、古典文学講座・レイカディア大学の近江文学の講師、さらに『近江のかくれ里』出版に携わり、近江の文学に関わる仕事をするようになるとは、夢にも思っていなかった。しかしながら、退職してからの足跡を振り返ってみると、近江に生まれ育った私には、近江の文学を紹介するというのが、私の今後すべきことではないかと感じるようになってきた。

『近江の芭蕉』を書きたいと思い立って、資料を集め始めると、身近で私を導いてくださった方々がすぐれた足跡を残しておかれるのに気がついた。甲西高校に勤務している時の先輩増井金典先生が『湖畔の芭蕉』を平成九年(一九九七)に出版され、著書もいただいていた。恥ずかしながら、今回初めて、先生の仕事の意味を分かった次第である。俳文『幻住庵記』『酒落堂記』『堅田十六夜の弁』の本文や現代語訳は増井先生のお仕事をそのままいただくことを許可していただいた。さらに、『淡海の芭蕉句碑』を平成六年(一九九四)に同じサンライズ出版から出されている乾憲雄先生には、亡父の年忌には導師として経を上げていただいていた。乾先生の著書『芭蕉翁の肖像　百影』（夢望庵文庫）は使用してもよいとの許可をいただいた（口絵参照）。このように先輩二人の著書には多大にお世話になった。

さらに、『近江のかくれ里』の時私が撮った写真が「もうひとつ」と指摘されていたので、知人のアマチュアカメラマンの中川仁太郎氏に「どうしたら写真が上手に撮れるの」と相談したところ、写真を撮ってくださることになった。私の運転があやしいので、現地まで車で連れて行ってくださるという。願ったりかなったりであった。今まで、自分一人の取材であったが、複数ですることのよさも感じさせてもらった。近江を走り回り、記録写真でない写真についても学ばせてもらった。

『湖国と文化』178号（二〇二二年一月発行）に特集で「芭蕉と近江～「俳聖」の誕生」を掲載される中に、私にも記事の依頼があった。この時点で、今栄蔵校注『芭蕉句集』が二〇一九年に新しく出版されたことを知った。『湖国と文化』の編集長の三宅貴江さんには本当にお世話をかけ、適切なアドバイスをいただいた。この場をお借りして心からの謝意を表したい。誠にありがとうございました。

「著者の良心」として書き直しをしたいのだがと相談したところ、サンライズ出版も担当の矢島潤さんも快く引き受けてくださり、今回世に残ったことは本当にありがたく喜ばしいことであった。
今後も、機会ある限り、近江の文学を紹介することを続けたいと思っている。

令和五年五月

いかいゆり子

# 主な参考文献


新潮日本古典文学集成〈新装版〉『芭蕉句集』　２０１９

芭蕉没後三百年記念誌編集委員会編『芭蕉行く春近江』滋賀県教育委員会　１９９４

竹内将人『芭蕉と幻住庵』本多神社　１９７９

「大津と芭蕉」編集委員会編『大津と芭蕉』大津市役所　１９９１

山村金三郎『近江路の芭蕉』東京四季出版　１９９０

京都新聞社編『芭蕉　京・近江を往く』京都新聞社　１９７８

梅原與惣次『芭蕉と近江の人びと』サンブライト出版　１９８８

乾憲雄『淡海の芭蕉句碑』上・下　サンライズ出版　１９９４

清水杏芽『芭蕉探訪　近畿編』洋洋社　１９９０

綣の歴史と文化編集委員会編『民誌　綣の歴史と文化』栗東市綣自治会　２００６

芭蕉全図譜刊行会編『芭蕉全図譜　解説編』岩波書店　１９９３

芭蕉全図譜刊行会編『芭蕉全図譜　図版編』岩波書店　１９９３

今榮藏『芭蕉年譜大成　新装版』角川書店　２００５

山本唯一『京近江の蕉門たち』和泉書院　１９９０

竹内将人『芭蕉と大津』竹内将人　１９９１

潁原退蔵『芭蕉抄』星林社　１９４６

増井金典『湖畔の芭蕉』滋賀女子短期大学　１９９７

難波別院『南御堂と芭蕉』難波別院　２０１２

佐藤勝明『松尾芭蕉と奥の細道』吉川弘文館　２０１４
円山弘『幻住庵の記を歩く』幻住庵保勝会　１９９４
堀切実編注『蕉門名家句選』上・下　岩波文庫　１９８９
田中善信『芭蕉二つの顔』講談社選書メチエ　１９９８
井本農一ほか校注・訳『松尾芭蕉集』小学館　１９８９
注解：井本農一・堀信夫『松尾芭蕉集１　全発句』小学館　１９９９
柿衞文庫『芭蕉』柿衞文庫　２０１４
乾憲雄『芭蕉翁の肖像百影』夢望庵文庫　１９８４
乾憲雄『芭蕉さんの顔いろいろ』夢望庵文庫　１９９６
竹西寛子『竹西寛子の松尾芭蕉集与謝蕪村集』集英社　１９８７
井本農一ほか『おくのほそ道芭蕉・蕪村・一茶名句集』小学館　２００８
山本健吉訳『芭蕉名句集』河出書房新社　１９８８
山本健吉『芭蕉　その鑑賞と批評』新潮社　１９７６
井本農一ほか『完訳日本の古典54芭蕉句集』小学館　１９８４
堀切実ほか編『新芭蕉俳句大成』明治書院　２０１４
竹内将人『正風俳人伝』芭蕉翁遺跡顕彰会　１９８４
安田直次『芭蕉翁最後を看取った望月木節』安田直次　２０１３
弘中孝『全国の芭蕉句碑大全集』智書房　２００４
さとう野火『京都・湖南の芭蕉』京都新聞出版センター　２０１４
雲英末雄・佐藤勝明訳注『芭蕉全句集』角川ソフィア文庫　２０１４

# 句番号索引（現代かなづかい五十音順）

## お世話になった方々（敬称略）


大津市歴史博物館

幻住庵保勝会

公益財団法人柿衞文庫

湖南市立図書館

財団法人芭蕉翁遺跡顕彰会

別保 幻住庵

義仲寺

月心寺

真明寺

泉福寺

難波別院

滋賀県十七市町芭蕉句碑関係各位

乾憲雄

片木明

小谷抱葉

中嶋守治

西村惠信

本田栄子

増井金典

三宅貴江

安田直次

猪飼均

■執筆

**いかいゆり子**（本名：猪飼由利子）

近江文学研究家として、レイカディア大学米原校で講師を務めるかたわら、守山・石部の「古典に親しむ会」で「平家物語」「おくのほそ道」を、草津公民館では「平家物語」の講座を担当する。また、滋賀県文化振興事業団が発行する『湖国と文化』に連載した記事に加筆して、2021年8月に『近江のかくれ里』、2019年3月に『近江の小倉百人一首』を出版し、滋賀県内の名所・旧跡・文化財などを紹介している。

■撮影

**中川仁太郎**

アマチュアのカメラマン。本職は整体師。
現住所：滋賀県栗東市綣 8-2-22



［改訂版］近江（おうみ）の芭蕉（ばしょう）　松尾芭蕉の世界を旅する

2023年6月10日　初　版　第1刷発行

著者・発行　いかいゆり子
〒520-3104　滋賀県湖南市岡出 2-3-21
TEL&FAX0748-77-4481

制作・発売　サンライズ出版
〒522-0004　滋賀県彦根市鳥居本町 655-1
TEL 0749-22-0627　FAX 0749-23-7720

印刷・製本　サンライズ出版


　ISBN978-4-88325-794-2　Printed in Japan